我和我
豢養的 宇宙

鍾怡雯

十年光影〈新版序〉

我很少重讀自己的舊作。出書時的校對工作也總一目十行，巴不得把從前的自己迅速打發掉。《我和我豢養的宇宙》是十年前舊作，因為要寫新版序，只好重讀。其實是翻閱，快轉的速度。翻著翻著，竟好像讀一本別人的書，發現很多新鮮事。

十年前的文字和敘事方式都很遙遠了，時移事往。以前怕老，現在倒能夠坦然接受，這是變老的好處。四十幾歲的身體比三十幾歲好，意味著跟世界相處得不錯。懂得適時放手，快樂比悲傷多。慈眉善目了些，笑比氣的時候多。更加我行我素。諸如此類。

十年。說長不長，說短不短。對我而言，這十年恰好跨越三十到四十，是一個人的黃金時期。小女生早已作古，我的空中花園還在，而且花木榮生，合歡長成了大樹。辣椒香茅檸檬薄荷迷迭香和苦瓜，以及避邪的艾草，空中花園見證一個人的心境變化，可見十年之後的我現實許多，比較人間煙火了。

還是定時拜訪給我酷刑的中醫。他現在喜歡給我頭針，一次十枝，避雷針長在頭皮的樣子很壯觀也很嚇人，把其他病人唬得一楞一楞，有人竊竊私語，這是治中風吧？捷豹（Jaguar）還是我的夢想，不過現在我比較想養一隻真正的獵豹，每天摸著牠的大腳和肉墊睡覺。祖母在小女生走了一年後也跟著去找祖父，或許在另一個世界繼續吵架。這樣也好，比較不寂寞。家裡的小孩越來越多，家越來越遠。今年春天，不到六十三的母親也離世了。到現在我還在適應母親過世的意外。母親離開，我像斷線的風箏，從此成為另一種意義的遊魂。

《我和我豢養的宇宙》留住十年前的心境，以及那時候看世界的方式。如今我再也回不去十年前了。這樣很好，不留戀過去就會珍惜現在。變是好事，不變才奇怪。朋友看到我在《野半島》的童年照片，驚訝的說，妳小時候就跟現在長很像呢。我不知道該高興還是悲傷。如果四十幾了還跟三歲很像，從相由心生的角度來看，我應該是值得研究的個案。

回看從前，看見的是時間的陰影，時間之流裡的變化和無常。我豢養的宇宙當時是那麼年輕，它住在文字裡，微微發光。

鍾怡雯　二〇一二年八月于中壢

目次

我和我豢養的宇宙

人貓傳奇〈原書序〉

李奭學

我見過鍾怡雯一面。去年在馬來西亞開會，和她妹妹也聊過兩句話。姐妹倆形似神也似，幾乎就是我們在台灣的校園裡常可一見的小女生。不過曾幾何時，小女生中的大女生已經完成博士學位，在上庠作育英才也好一陣子了。她在新書《我和我豢養的宇宙》中故而有此一說：「小女生老了。」

小女生確實老了。歲月不居，誰能不老？但是我總覺得鍾怡雯的「老」，是文章愈寫愈「老」。我不想用「美不勝收」來形容《我和我豢養的宇宙》，想強調的反而是鍾怡雯丰采依舊，但體物寫志新增了一份「氣定神閒」，有種處變不驚的世故與豁達。這是時間鏤下的刻痕，也是經驗磨出來的心境。以前鍾怡雯下筆老是有股「氣」，像杜甫一樣語不驚人死不休，我笑稱她是「文界哪吒」，非得剔盡子墨骨肉，將那翰林精血還諸讀者不可。可是今天看來，老杜文章氣已定，鍾怡雯又往上攀爬了一大步，哪吒都化成了觀音跟前笑容可掬的善財童子了。

《我和我豢養的宇宙》中老去的「小女生」，鍾怡雯指的其實是家中豢養的一頭貓。九年前抱來時，主人猶覺得慓悍兇狠，所以人貓間曾經有過一段摩擦，常常弄不清楚「誰是主人，誰是寵物」。主人的嗔怒當然是作態，看到小女生「四腳朝天，袒胸露腹，一副推心置腹掏心掏肺的不設防」，她的「怒」不撫也自息，何況幾年相處，主人早已學會了易地設想般的體貼：「老貓打鼾的節奏和聲音，竟跟人熟睡時的呼吸一模一樣。」

哪吒講話不會這麼溫婉，唯有「小女生」——我是指鍾怡雯——「老了」，生命歷練多了，才能化物為己，把一頭老貓人性化成「含飴弄孫」的「歐巴桑」。

有時候我弄不清楚究竟是鍾怡雯有慧根，生來胸中就有丘壑，還是造化鍾煉，讓她非得養成豁達的心境不可？《我和我豢養的宇宙》有幾篇文章反倒化己為物，在鏡外兀自窺探。這些文章一律寫病，寫疼，寫鍾怡雯追隨多年的身體苦恙。我長年為背痛所苦，「書」諷刺也如實的都是「躺著讀的」，因此自認頗能體會必須承受重量的生命是怎麼一回事。可是比起鍾怡雯經年針灸推拿，不時吞丸服藥，還要煎煮自理，讓人抽筋換骨，我就覺得自己幸運太多。讀《我和我豢養的宇宙》中尤其是〈藥癮〉和〈酷刑〉二篇，看鍾怡雯細訴自己日與秘方為伍，吊脖子滾脊椎一起來，這哪像在寫自己？她的靈魂早已飛出軀殼，從象外在反觀臭皮囊的解脫之道。要活下去，還要活得稱心，我們注定不能不豁達，命中慧根得如蓮花湧泥而出。

鍾怡雯說她每回走出診所，都得來番心理建設，讓自己相信每根針每帖藥都是福報。我覺得她確實有福，《我和我豢養的宇宙》諸文寫來活靈活現，刻劃入微，即使有病有痛，也不失樂觀進取。身體硬朗的人，這可道不出，寫不來。由是觀之，鍾怡雯能上路飆車，風馳電掣，可羨煞多少人，恐怕連三十年前在北美高速公路上體會速感的余光中也不能比。由是再觀，則鍾怡雯可以登台茹花莳草，賞心兼悅目，即便六十年前在四川雅舍幽居的梁實秋也是比不得。是的，病中猶見風雅，痛裡仍然堅持理想，此誠所謂「至人」也，而至人有福了。

小女生老了。不管這「小女生」是頭寵物貓，還是鍾怡雯自況，「老了」不完全指「馬齒徒增」，更意味著「心境已變」，變得更開朗，更豁達，可以化己為物，也可以以物觀己。我沒有養貓的經驗，想不到養一頭貓竟可以悟得這麼多的哲學。貓之為用也大矣。

——二〇〇二年五月于中央研究院中國文哲研究所

紅顏悅色

聽說今年流行金色，從服飾到彩妝，都將閃耀著華貴的金光。上個週日晚上，我在太平洋百貨一樓的化妝品專櫃之間流轉，果然陷落眩目的光影之中。眼影、睫毛膏、唇膏、唇蜜，乃至指甲油，都著了金魔。額頭眼皮和鼻樑上再抹點亮粉，畫上深黑的眼線，便可以打造一張妖魅的臉，彷彿準備參加末世最後一場舞會，要藉此昭告世人：好好頹廢享樂吧！

這個年代最時髦譁眾的打扮，大概是頹廢了。金色是一種奇特的顏色，它同時擁有高貴和頹廢的特質。平面廣告模特兒金色調的彩妝，對比深黑的眼，既有豹的高華，也透著幾許神秘和末世的無所謂。

最好的廣告是挑逗視覺。每每看到模特兒噘起水亮紅唇，擺出昭然的誘惑，總要讓人想起櫻桃或者草莓。這兩年流行漾著水光的唇彩唇蜜，即使唇形不完美，可是彩光折射出誘吻的訊息，連女人的視線也被吸引。每次經過化妝品專櫃，我總要多望幾眼。有個專櫃的小姐很專業，全然不提化妝是禮貌的道德說法，直接說出產品可能具備的實用功能，深得我心。有的專櫃小姐則仍以「化妝是一種禮貌」來促銷產品。這種觀念未免太落伍，也沒有吸引力，就像穿衣是禮貌的說法一樣缺乏想像空間，聽起來像是過時而陳腐的廣告說辭。

妝是臉的心情，顏色也妝扮表情。化妝怎麼會是禮貌？最要緊的是討好自己的心情吧。我有時不免懷疑，化妝的時候，女人討好自己多，還是取悅別人的成分高些？無論如何，化個漂亮的妝，也算為美化社會盡了心力。聽說遠在石器時代，我們的祖先就已經懂得妝點眼睛和臉部，女人都得深深感謝這個美好的古老遺傳。

古老的美好遺傳。它為生活增添了小小的樂趣。譬如讓理智徘徊在一枝眼影和唇凍之間，又譬如選好了口紅，卻陷入粉紫和橘紅的抉擇；更多時候是閒逛，根本沒打算買，卻被售貨員的強力攻勢，喚醒潛在的慾望。譬如凡賽斯專櫃小姐的口才軟中帶硬，有情又有理，不買心裡有點不安。她說今年衣服也流行金色和駝色，金色系的化妝品時髦又實用，好啦好啦，帶個眼影和睫毛膏回去吧！今天買還有贈品哦！小姐連眼睫毛都是金的，眨呀眨的，躲在睫毛下的眼睛鬼氣森森，像豹子眼閃著噬人的光。她們用「帶」而不用「買」，多高明的修辭，讓人錯覺喜歡就可以拿走，不必付錢。

我對著鏡子裡那張有點陌生的臉，陷入沉思。想到櫃子裡的駝色上衣、外套、背心和兩件心愛的披肩，開始有些心動了。眼影看來不錯，睫毛膏就不必了。萬一流汗或掉眼淚，金色在臉上放肆蔓延開來，倒是適合參加萬聖節舞會，正好替鬼界增添一點時尚氣息。只是尋常生活何必主演驚魂記，醜化自己驚嚇別人？何況這顏色也委實招搖，學生必然不會因此而增加到課率；那麼平淡的學院生活，也別指望有什麼舞會或晚宴場合可以派上用場；最需要金光鋪飾的婚禮，早在六年多前就錯過了。

化妝好像是一種儀式，到結婚為止，一共化過三次妝，每一次都讓我領略一些道理，每化一次妝，就像蛇一樣蛻一次皮。我對這事愈在意，它就愈難如意。

我到現在仍然沒有讀出那個意外的意義。決定了不要化妝，卻又臨時抓了粉撲往臉上拍，整個婚宴竟然沒人告訴我，臉太白了。一直要等到照片洗出來，我才意識到，上帝竟然選在最嚴肅的時刻，跟我開玩笑。這玩笑如今回想，委實一點也不好笑。每一次收到朋友的喜帖，我就希望婚禮重新再彩排。

是的，如果可以，我要重新再妝一次新娘。

香奈兒新推出的柔光絲緞粉底宣稱可以調節光線，蘭蔻也標示自家品牌的粉底有感光分子配方，可惜彼時對化妝沒有概念，又匆忙結婚。拍那幾張簡單的結婚照時，我強烈要求淡妝——淡到好像沒有化那樣。化妝師因為專業素養受到挑戰，不太高興，老嫌我的眉毛太黑太粗，一會兒說要修眉，一會兒又說燈光打在臉上，淡妝會讓新娘很慘白。而且，新郎也得上妝。她向準新郎嘮嘮嘴。我看見新郎揮舞雙手，慌張的重複著不要搽粉不要搽粉。妳得勸勸新郎。化妝師湊過來，在我臉上不知刷了什麼。我覺得自己的臉像一堵被粉刷的牆。我問鏡子，魔鏡啊魔鏡，你到底要變出什麼樣的新娘？好在照片洗出來，新娘新郎都還面帶笑容，不愉快的過程全沒顯影。

好戲在後頭。婚禮上我不記得有沒有化妝，誰化的妝。只記得當天的婚宴留下四大冊照片，每一張都有我白森森的臉，白臉微笑、白臉敬酒、白臉切蛋糕、白臉抱起親戚的小孩。週遭的人都黑，更顯出白的詭異。照片洗出來，家人欲言又止，後來有兩個人發了脾氣。一個是五妹，一個是我。五妹的眉毛淡，鎂光燈太強吃掉了她的眉，後來她把缺了的眉毛用鉛筆畫上，也算勉強能夠補救。唯獨我那張白臉，剎那成了永恆，隔了六年，至今想起仍有隱傷。

那是我為自己打造的，屬於舞台劇的臉譜。那究竟象徵什麼？為什麼我像演戲一樣遮掩本色，化上演員的妝？每次看親人朋友拍出來的結婚照，新郎和新娘必然妝得失去本來面目，彷彿為了演一齣好戲而粉墨登場。不過結個婚，要換那麼多款禮服，拍一堆笑得已經僵硬的照片，也許是為了掩飾對未來無端的恐懼吧！彷彿在人生底定前，得把握可以變化的現在趕快做點什麼。而我，一定也是懷著這種心態吧！

臨出門的黃昏，夕陽燒得天空通紅。我拿著粉撲在臉上左右上下劃了幾次十字，不勻的地方再補一下，像小時候給白布鞋抹上一層又一層的鞋粉。放下粉撲，直覺太白，我還不願意承認自己闖了禍，也不清楚一張白臉的效果。帶著姑息的心理撩起窗簾，黃昏柔和的光線和晚霞掩飾了失敗的妝底。我胡亂再抹幾下，實在來不及了，樓下喇叭按了又按，該死的苟且心態萌發，我安慰自己，應該還好吧，便撩起晚禮服匆忙出門。就這樣，留下四冊蒼白的記憶。

結婚之前化過兩次妝。第一次是國小四年級，耶誕節表演一支叫〈沙里洪巴〉的舞曲。一群小孩讓濃妝抹得像唱大戲，頰上兩塊酡紅沒有為可愛加分，倒像逗人發噱的小丑。眼影太濃，壓得眼神烏壓壓地，讓小孩看來很陰沉。被口紅親吻過的每一張小嘴有些失措，閉合之間，一下失去了分寸。

因為妝，小孩的神色彷彿也有了大人的世故，觀察別人之餘，竟也懂得私下較勁。同樣的妝由於輪廓和光影，在不同的臉上顯出迥異的效果，大人在品評，小孩也因此懷有虛榮心。我不敢喝水，怕喝到那可怕的味道，又擔心弄壞了妝，雖然我相信，即使弄壞了，也不會比掛在臉上的那張面具差到哪裡。一整晚又渴又緊張，我最期待的是謝幕。也許得感謝化妝師那枝唇膏，她替我省下不少口紅錢。那枝散發著蠟筆味道的唇膏，使我點絳唇的紀錄，一直要等到二十一歲，買到一枝無味的水紅唇彩才開始。

第二次是來台灣之前，油棕莊園舉行四十週年紀念。園裡要找三個女孩為剪綵的人托盤遞剪刀。礙著父親的面，我去了。又是得化妝的場合，因為英國老闆要回來，把一園子高階主管弄得成天開會，務求每個細節都完美，連帶化妝這樣的芝麻小事都一再叮囑。我對那次剪綵的記憶，是化了個不壞的妝，拍了幾張當時以為很漂亮的照片。如今再回看，只覺得尷尬，稚嫩的神色戴上成熟女人的面具，不只流露出和年齡賭氣的幼稚，也同時有絕不賭輸的可笑倔強。唇色太濃重，顯得妝很老氣。那時沒有近年來流行的，如果凍般嬌嫩的唇凍。唇凍輕盈瀏亮的光澤，最能捕捉青春發光的質感。

我不記得那次唇膏有沒有味道，只記得化妝師湊近的臉頰和眼皮，浮著隨時要逃走的色塊和粉屑，眼尾紋裡還夾著溢出的眼影殘渣。啊，那些要逃離的彩妝，多麼殘酷的宣判了青春的死刑。化妝師手上端的眼影盒，那些調色盤裡繁華的顏色，不過是雨後彩虹，逗留的時間是多麼短暫，而青春，比彩虹更短。

青春和妝扮，總讓我想起色即是空四個字。雖然色並不作顏色解，我卻喜歡這樣美麗的誤讀。下意識裡，總以為彩妝只合不稚嫩又不顯老的臉龐。華年老去再妝，便有白頭宮女的悲戚況味，即使化妝技術再得體，近觀之下，徒然令人感嘆而已。那些顏色又哪裡蓋得住時間輾過皮膚的轍痕？不過讓人更加誤讀色即是空的意義呀！

明末清初的戲曲家李漁對浮粉的臉倒是看得很開。「從來傅粉之面，止耐遠觀，難於近視，以其不能勻也。」敷過粉的臉，按照李漁的見解，既然難以近視，那就遠觀吧，像不能近玩的出水蓮花。這裡的「玩」沒有褻瀆的意味，姑作玩味解。李漁是個戲癡，他自組戲團，妻妾就是演員，終日在脂粉堆裡打滾，讓他對女人的服飾妝扮、聲容笑貌、乃至性情儀態，從布料到香水，頭飾到鞋襪，無論具象抽象的美感，都有高見。讀他的《閑情偶寄》，覺得這個男人應該是個徹底的享樂主義者，建築、器玩、美食無一不精，對美的耽溺也有點病態。天底下有哪個男人像李漁那樣，連死後都想變成護花使者，到女人的閨房檢驗她們使用的瓶瓶罐罐，好讓人間美色更增幾分？

李漁每天面對唱戲的女人，漸漸的也玩味起女人的臉，研究起胭脂水粉來。粉難以塗勻，顯然是製粉技術不夠精良的緣故。那時候的粉大多以鉛製成，用多了色素沉澱，還會長黑斑。長了黑斑，更需要粉妝遮蓋。況且每天唱戲化濃妝，皮膚想當然的不好，再精良的化妝技術也敷不出水嫩的臉。不知道那時候有沒有卸妝的觀念，可以肯定的是，絕對沒有藥草和海藻的萃取精華，或是生化科技製造的高檔保養品，可以修補受損的皮膚。

小時候常聽奶奶說，明星不化妝時，鬼看了也會害怕。因為她們沒有眉毛，唇色和臉色一樣沒有人氣，長期化妝加上生活不正常，皮膚當然也不好。我聽了半信半疑，因為影劇版和電視上的女星實在太亮眼，無法想像她們卸了妝的殘敗樣貌。奶奶雖然不化妝，可是她洗完澡總會從長嘴瓶裡倒顆水粉添點水，和勻抹在臉上，剩餘的順便抹在我臉頰，乾了之後留下斑白的粉痕。那是馬來西亞的七〇年代，貧乏的生活仍然無法阻擋女人愛美的天性。

幫我做指壓按摩的歐巴桑則說，她成長的六〇年代，眼影和粉底都是奢侈品，口紅色系絕少，都是大紅大紫的，把嘴巴塗成猴子屁股。我腦海浮現的是瑪麗蓮・夢露，印象中即使連黑白照片，她的唇色也彷彿艷麗得要滴出來。妳們那時候化妝嗎？有喔，愛美嘛，眉用燒過的火柴棒頭畫一畫。面霜一罐要半個月薪水哩，買不起，就用挽面的鬆粉抹一抹，哪像現在還有兩用粉餅？歐巴桑似乎頗為自己的時代不平，想到火柴棒當眉筆，我不由得微笑起來。

還是當現代女人幸福。最近買到一款Etude的眼影，十元硬幣大小，質地輕薄細滑，微亮的粉光，既可抹在雙唇中間，也可當腮紅搽在顴骨，多重用途又便於攜帶，覺得化妝像遊戲，有種創作的小小愉悅。

據說早在周文王時期的中國女人已開始敷粉，顯然愛美是女人最久遠的遺傳。當時的粉又叫「流丹白毫」，這名稱有種白裡透紅的色彩美感，彷彿那紅的胭脂會隨著光線明暗，在瑩白的臉頰水光般流轉，再不需眼神流盼而觀者自醉。資生堂標榜水光流轉的叛逆唇膏、腮紅和指甲油，不知道有沒有從這個名字得到靈感？我對自己在婚宴上錯手打造的舞台妝仍未釋懷，如果那時候用對了粉底顏色，如果有指腹取代粉撲的粉底液，用手輕輕一抹就可以輕易上妝的眼影和腮紅，如果那晚用的是流丹白毫……

總是在繁華的顏色裡看見自己落幕的身影。幕落了，獨自面對缺憾的演出。

李漁似乎沒有落幕的情緒，他只有「妝成桃毀紅，黛起草慚色」的期待，興致高昂的研究胭脂水粉，包括如何把不黑不白的皮膚畫成自然的白，提醒女人敷粉也得兼顧脖子後側，乃至如何點出令人垂涎的櫻桃小嘴等。他自認為是女人的紅粉知己，從《閑情偶寄》看來，果然不假。別忘了，李漁可是生在男尊女卑的時代，這樣一個大男人竟然放得下身段教女人如何妝扮，而且顯然頗為自己的專業得意。中國文人頂多當個旁觀者，讚美女人的詩文不少，至於實際操作，只有李漁是可以勝任的吧。李漁不打高空，也不強調膚如凝脂，不像陸機喜歡秀色可餐的光鮮皮膚。膚白如雪是從《詩經》以來的審美傳統。麗質天生，也幾乎是中國文人的不二審美觀。時至今日，各家保養品總是想盡辦法讓女人變白，大概都深信一白遮三醜的說法，以為如凝脂般、光澤白潤的皮膚是最美的吧。

大一上國文課時，老師說膚如凝脂是像凝凍的豬油那樣，細潤潔白有光澤。雖然這個比喻沒什麼文學的美感，也委實有點俗氣，倒準確的詮釋出膚如凝脂的意思。這樣的女人大概是像樂府詩裡所描寫的那位李勢女，減一分太短，增一分太長，不朱面若花，不粉肌如霜，艷色逼人的吧。

麗質天生的美態大概也得身體健康才行，否則哪裡來的不朱面若花？現代女人大概把妝當成人造皮膚，真實的皮膚不好有什麼要緊？胭紅就可以打造如花朱面。有了好氣色，則少不得靈動的表情。眉毛雖然沒有表情，卻是傳達神韻的眼睛最不可少的神來兩筆，沒有好看的眉，就像書法失去最動人的神韻。難怪古代的女人要畫眉，「粉黛」的黛字如代，代以黑，意指去掉眉毛，畫上理想的眉型。不過那黑色實為青黑，因此有粉白黛綠的說法。現代人不也時興把眉剃光了重畫？可是卸妝之後，失去雙眉庇護的眼神，該是多麼荒涼。想到為照片畫眉的五妹，不過是不忍雙眼一無所依，卻至今仍被家人當作笑柄。小時候，她對印度女人額頭中間那顆紅點最感興趣。血般醒目的正紅，印在突出的額上，被一雙黑眉小心捧著，顏色和構圖同樣令人側目。相較之下，梅花妝就顯得特別柔媚了。

相傳南朝宋武帝的女兒壽陽公主，有一天在含章殿檐下午睡時，梅花正好落在兩眉之間，從此她飽滿的額上便一直開著那朵春天的梅花。一直到華麗的唐代，梅花變成了金色，叫額黃，成了婦女們的流行妝扮。唐代仕女畫中仍有額黃之飾，那是最浪漫，又最獨特的妝了吧。李商隱因有「壽陽公主嫁時妝，八字宮眉捧額黃」詩句。梅花是如此搶眼，再配上畫得小小薄薄的紅唇，更映得豐潤的膚色如雪，仕女們因此便有不朱面若花的好氣色了。那麼，她們還需要胭紅嗎？

胭紅總讓我想到「紅顏」，而紅顏薄命，深深碰觸到了生命無常和脆弱的恐懼。我毋寧更喜歡眼影，寒冷的藍和綠，令人想到藍田日暖，眼神無端生出飄忽迷離之感，像煙一樣。雖然也是夢幻泡影，但那裡面有些憂鬱的沉重質感，比較不宿命似的。

九二一地震過後，忽然覺得一切都變得很輕很無謂。在百貨公司看到繽紛的妝色，都如夢幻泡影，連憂鬱的藍和神經質的綠，也跟胭紅般無常和脆弱，像金色一樣，令人頹廢。

似飾而非

我的左手中指和無名指上各有一個戒指，細細的兩環，敏銳的人看一眼就讀出了意義。戒指的主人分明不想炫耀，又想表現它們的存在。不願張揚已婚的身分，也不想隱瞞。因此，就只是細細的兩環。戴上戒指的手指有了表情，卻同時被約束。我的戒指戴在左手，努力強調它的裝飾意義大於身分的表徵。

戴久了，它們漸漸成為手的一部分。好像手上本來就該有兩個環，以致脫下來時，手指突然變得陌生，像突然照見褪了戲服、卸過妝的戲子。就像，沒有項鍊環繞的脖子，顯得空洞而茫然。

我最常戴一條三色項鍊。項鍊掛著彌勒佛墜子，一個透明的紫紅色碧璽，就垂在鎖骨底下一吋的位置。兩樣都是我的生日禮物，項鍊戴了兩年，墜子不到一年，就生出微妙的依賴。換了不同的項鍊和墜子出門，心裡總是忐忑，開車時會安分點耐心些，少超車少換跑道，油門踩到一百二十就節制的放開。或許因為它是佛，開車上路，或是要坐飛機時，總把它當成護身符，就像錢包裡的神符，或是貼在擋風玻璃上的咒語，讓人心安。

聽說碧璽可以通氣血，促進血液循環。慈禧太后就把一大塊碧璽當枕頭，她的氣血是否因此通順了不得而知，只是天氣一涼，我仍盡量避免跟人握手，免得對方以為我惡作劇，塞了冰塊到他們手上。我可不想握了手還要道歉又解釋：對不起，我的手太冷，令你受驚了。

我摸摸彌勒佛，即使看不到它，也知道它仍然笑得很開心，身體愈來愈剔透，像彩帶的石紋愈來愈鮮明，即使不戴，我也把它收在背袋裡，像帶著護身符四處遊走。我和我的彌勒佛，漸漸生出一種相處的哲學。

冬天戴不同的項鍊時，我就把它藏在毛衣裡，除了做指壓按摩，我連洗澡也不想脫下它。和戒指的視覺記憶不同，彌勒佛對於我，是屬於觸覺的。夏天在冷氣房待久了，它觸手生涼；冬天包裹在衣服裡層吸納體溫，那溫暖的觸感，手最熟悉。等紅燈，或是讀書時，我總會摸它一下，確定它還緊貼著胸口。有時候墜子滑到頸項後面，伸出的手摸空了，心便一沉，在找到彌勒佛之前的幾秒慌亂裡，腦海裡會閃現幾個想法，是萬一，不幸，真的，遺失時，不會讓自己太難過的理由。多麼可笑的阿Q行為，那是因為常常遺失東西，練就出來的應對法門。

我相信物與人之間，存在著某種神秘的聯繫。家裡那尊兩尺八寸，飄逸優雅的觀世音，和它相望時，我相信它絕對不只是藝術品。它笑得那麼含蓄，卻又說不出的嫵媚，總讓人覺得它是活的，有生命有靈氣。那股好聞的紅檜木頭味，比什麼香水都令人愉悅。我老愛湊到觀音身上猛吸鼻子，大口大口的，像吸鴉片或大麻。任憑我怎麼吸，那味道總也不消滅。觀音的樣貌愈來愈和氣，笑容彷彿也愈加柔媚，我知道觀音一點都不介意，甚而縱容我的怪癖。

彌勒佛一定也是這樣，它和我都需要時間，證明它不會只是墜子。

祖母手上戴了二十幾年的玉手鐲，會玩一種時間的遊戲，每一回觀察它，顏色都不同。鐲子飄著雪白的雲，雲裡一條細細的紅線像龍，雲會變化，龍也會游動。大人相信身體好的人，玉鐲子會愈戴愈通透，顏色變得清明。那條龍，好像吸收了人的血氣，顯得艷紅似火，環繞的雲霧愈加青白。原來玉石也有靈氣，在人們沒有察知的生活瑣事裡，悄悄的變化形貌。

我對玉鐲子有種莫名的好感，直覺石頭吸收天地精華，是一個完足的小宇宙，能感知人體的變化，像更精緻細密的手錶，不只裝飾手腕，也記錄時間，還會和人一起變老，令我想起和祖母一起生活的快樂時光。只是手形太扁，玉鐲子在我手上頓失光采，再喜歡，也只能旁觀。那種神經質的綠要一隻圓潤雪白的手，讓手的貴氣壓住脆弱的綠。玉色和雪膚相映，器物和肉身的搭配形成富貴安泰的景象，才會予人福壽綿長的感覺。

小時候聽說玉能避凶，有人出了車禍，結果玉碎人全。那人把救了他一命的碎玉撿起來，收在一個錦盒裡，捨不得丟棄。小小的一塊玉，真有那麼神奇的法力？我半信半疑。或許那是喜歡玉器的女人編出來的故事，想要博得丈夫的贈與。

根據中國典籍記載，古代佩玉的似乎都是男人。大三上劉正浩老師的《左傳》，他在黑板上寫了一串玉字部的佩飾，都脫離不開政治。整個玉器的上古史，是一部政治史。玉，是身分和權力的象徵。還留著的上課筆記，如今也成了一部發黃的歷史，上面寫著「聘人以珪，問士以璧，召人以瑗，絕人以玦，反絕以環」，除了玦，其他的都是吉玉。這幾種玉器各司其職，功用不同，不是單純的佩飾。

這段摘自《荀子》的記載，完全不提玉的形貌和美化功能，想必最早的時候，玉器除了是祭祀和喪葬的禮器，最主要的作用是傳達政令。如果一個將領收到玦，大概就等於收到絕命令，即使不戰死沙場，也要自我了斷吧！從圖片上看，玦是一種有缺口的玉，那玦字還有決斷的意思。在鴻門宴裡，范增曾數次舉起玉玦，要項羽盡速做個決斷，可惜這人沒有做皇帝的性格，他的不忍，終究使劉邦贏得整個江山，能在文學史留下「大風起兮雲飛揚」這樣大氣詩句的人，也終歸是劉邦。

玉的陽剛歷史到了現代，竟然溫柔起來。小時候祖母那輩的女人，身上至少有一件玉器，宣示勞碌一生換得的代價。通常是女兒出外工作後，為母親購置的一兩件首飾，十之八九都是玉鐲子，好像玉最得老人緣。就形貌而言，那些玉鐲子的正確名稱應該是瑗，因為孔比玉石的面積大，玉石大於孔的是璧，二者同等大小的是環。老太太當然不懂，也不必懂這些分際。那些玉，無論戴在多枯槁憔悴的手腕上，都那麼好看。

有個作雕塑的朋友收集不少古玉，他相信玉有避凶驅邪的能力。聽說我常鬼壓床，特地借我一塊漢朝古玉鎮邪。那是環，有點叫人還我魂來的意味。這塊古樸的石頭上面交織著細密的紋絡，彷彿時間老去的皺紋。如果是西漢初年的玉，那它有兩千兩百歲；就算是東漢末吧，也有一千八百歲。除了皺紋，還有一些紅裡帶黑的血色。整塊玉像是活的，有血管脈絡和血肉。儘管一再說服自己，那是泥土氧化的結果。可是，我總不能去除血的想像。那種顏色，多像瘀傷。而且，是嚴重的瘀。一塊受傷的玉貼身戴著，我會感染它的憂傷嗎？

古玉大多是陪葬品，不知道它曾經貼在什麼樣的人身上，既然是環，也許曾召回過一位使者，也可能沁過將士的血，必然曾深埋黑暗的棺槨，出土後在商賈們數過銀兩或鈔票的手中流浪過。無論如何，它引發我太多遐想。曾經有過那麼複雜過去的石頭，我無法與它肌膚相親，特別是它帶血的憂傷那麼濃重，我怕那些千年老靈魂來尋我，夢裡苦苦糾纏。

總是與玉無緣。

朋友腰際貼著一塊璧，他當是護身符。拿在手上，往下一沉，我的心也跟著沉了一下。沒想到玉竟會這麼重，而且溫熱。重的不是玉，是玉裡躲著的眾魂。我快快把玉奉還，一時間後悔自己魯莽，這種親密的貼身之物，不是最親的人最好勿觸。日日以自身的氣味汗水沁養，即使頑石，應該也會感通主人的靈魂思想。

戴飾物就像養小鬼。兩者都是對物有所期許，只是養小鬼被視為邪魔外道，透著詭異的神秘。南美洲就有不少民間偏方，是以物聚集能量。把毒茄參根拔起，雕成小人像戴在身上，就是保祐戀愛與金錢運的護身符。讀到這一段文字，總覺得那是把小鬼當成玉來戴，腦海便浮出幽森的恐怖片畫面。這種人形植物賣給煉金師，可以做春藥，或醃在酸醋中做成愛之秘藥。愛情當然不可如此輕易取得，因此採取這種植物的過程也伴隨著黑暗和死亡。必得在黑夜，由黑狗去採，因為根莖離土的那刻，毒茄參會發出喊叫，聽到的人立即身亡。毒茄參根既召來愛情，也同時帶來死亡。

愛與死亡，總是莫名的糾纏。

也許美麗的石頭總會煽動人的想像。水晶傳說是千年冰所化，瑪瑙是惡鬼之血凝成，這樣的說法大概源於石頭的顏色太撩人。難得像祖母綠那麼實際：女人握於手中易產。我的手指併攏了仍有隙縫，有人說這樣漏財，應該要戴戒指，男左女右，女人戴右手，而且愈大愈好，把縫隙堵住，像防洪一樣防財外流。聽了不以為意，反正管錢理財的不是我，錢不會從我手上流走。如果可以，我倒想要一枚椰子殼做的黑戒。不為聚財，是要彌補小時候的缺憾。

那時看到同伴的小手指套著黑戒，便吵母親要。這種戒指市面不售，是一般女人的手工業，就像打毛線一樣，不見得每個女人都會。母親被吵急了，說去打聽怎麼個作法。直到高中畢業，她仍是那句老話：椰子殼要用玻璃割。後來要來台灣，她打算給我買金飾，我便挑了現在仍戴在中指上的細細一環金戒。可是還想要那枚要不到的椰殼戒指，黑色的，用來悼念長著高高椰子樹的童年。

母親買首飾是為了保值，她原來要我挑個貴重的金鐲子，急用時可變賣。我只考慮美觀，沒有她想那麼遠。只是又發現，平扁的手腕非但不宜戴玉，也不宜戴金。只能戴手錶，以及一些被母親稱為古怪的飾品。它們不貴，通常是逛街或出國時，隨興買來的消耗品，只戴幾次，我就厭倦了。也有的造型實在太別緻，找不到跟它們媲美的怪異服飾搭配，便成為收藏，完全不符合母親用首飾保值的理財觀念。我也不會為小小一顆鑽石花大錢。如果有人要送我鑽石，我一定請他折合成現金。鑽石廣告標榜的永恆多麼遙遠，我喜歡當下兌現的快樂，支配金錢的樂趣遠比抽象的永恆來得實在。

如果純粹為了滿足飾癮，紋身比任何飾物都搶眼，也更有個性。我實在太怕痛，連打針都害怕，雖然極想在手臂刺青，也認真描繪過想紋的圖形，可是想到痛楚，我就乖乖放棄。曾問過一個打扮時髦的女孩為何刺青。她的答案是：感受身體的存在。

這是新新人類感受世界的方式嗎？用疼痛刺激感官，面對這些小我一輪，從小與媒體為伍的年輕一代，我不得不承認：「老」和「代溝」是多麼具體。連我這樣半新不舊，處在夾縫中的一輩，也隱隱然覺得頭腦已經變成二手經驗的記憶庫，電視和電腦使得世界不再新奇，即使是新體驗，也彷彿在哪裡看過讀過。

除了疼痛。無法複製的，感官的痛。

讀過一則八卦，有人為了表示對愛情的忠貞，在手臂紋上對方的名。以為名字銘身，就是永恆的烙印，永保愛情不會變質。不知道這是對愛情信仰的忠誠還是幼稚？肉體的痛楚，也許令人感受愛情附帶的椎心之痛，享受到一種被虐的快感。古時候中原的黥刑，是為處分奴僕或罪犯，而現代人為愛刺身，頗有願為愛情奴僕的象徵意義。很勇敢，卻是悲劇。愛情最大的敵人是永恆。因此我總是讀到鑽石廣告隱藏著的商業陰謀——唯其愛情是短暫，高汰換率的交易，鑽石才會有市場。鑽石，是一則反諷的愛情神話。

所以，讓飾物回歸單純的美化功能吧！每次在雜誌或Discovery頻道看到南太平洋某些部落繁複的飾物，都令人咋舌。穿洞、烙印或者刻疤。鼻、唇、耳、乳頭、肚臍或是生殖部位，無論男女，無所不飾，他們為美不惜付出發炎、疼痛和不便的代價。泰緬的巴東族女人喜歡修長的脖子，脖子上一套數十個環；沙勞越的加央人讓大串的耳環把耳垂拉到胸口。每次看到這些奇特的飾法，我便慶幸，還好降生的社會沒有飾癮。偶爾讀到年輕人在舌上打洞穿環的新聞，我總會納悶，這樣吃東西說話多不方便，說美觀吧，總不能逢人便吐舌炫耀呀！

像我這樣實際的人，大概很難有飾癮了。出門戴的手錶，一回來便馬上把它脫下。怕麻煩，身上無法忍受太多的牽絆，當然就不能把手銬腳鐐戴成身體的一部分。又怕痛，刺青上不了身。耳洞鼻環呢，穿了據說下輩子仍要當女人。七除八扣，我的身上，就剩下躲在衣服裡的彌勒佛，兩環細戒，幾乎人手一只的手錶，以及，久久戴一次的手環。

梳不盡

每增加一個背包，我就順手多買一把梳子。梳子，而非衣服或鞋子，變成背包最緊要的配件，雖然不倫不類，我卻頗為自己的小聰明而自喜。因為健忘，出門常常漏帶東西，加上會拖，老是最後一刻才奪門而出。總是人在外面，才發現缺錢包缺梳子，或是少了髮夾手錶。

沒有髮夾，就放任頭髮追風。吃飯時只好不嫌麻煩，一次又一次的把頭髮掃到腦後。至於手錶，託忘戴手錶的福，遲到還可以臉帶微笑，毫不愧疚的說出理由。缺這兩樣，生活不會大錯，也就容易一忘再忘。錢包最麻煩。當然每個背包都可以放錢包，卻無法在每個錢包複製一張駕照、提款卡或者健保卡。還好，這種不可忘記又不能替代的重要東西，也只有一項。

剩下梳子，算是髮夾的替代品，可又不像髮夾收拾了頭髮還賴在頭上。它收服追風的髮，像個安分的婢女，把主人打扮得體便退隱，因此無妨多買幾個。我喜歡扁梳，像啃淨的魚骨頭，不佔空間又便宜，丟了也不心痛。去年十月兩個妹妹來小住，發現梳子簡直像我身上取下的肋骨，走到哪貼到哪。進了洗手間，她們先辦正事，而我先找梳子。

於是她們不忘隨時嘲諷我。二對一的辯論，後來竟是我佔了上風。非辯之罪，而是事實勝於雄辯。兩個古怪機伶的妹妹，最後敗在一個懶人的頭髮之下。我告訴她們，我服膺每天梳髮一百下的鐵律，雖不能確切實行，心嚮往之，因此時時記掛。如此可以結實手臂，並且促進頭皮的血液循環，烏髮兼美臂，一舉兩得。唐朝神醫孫思邈說的，養生要法之一，是備一把「百齒梳」。她們一個染髮，一個削髮，不折不扣的黃毛丫頭，瞄一下我的頂上風景，只好認輸。

然則事實並非如此，我是道地的知易行難。仔細算過，出門時，梳髮次數可達五十，在家則不及二十。起床後把睡亂的髮梳服貼——大概只要十下，接著把頭髮像扭抹布一樣轉幾轉，折成數段，拿個大夾子一別，不必照鏡子，就可以把頭髮打發妥當。

我披著一頭懶髮。懶剪，便任它放肆的長。圖打理方便，於是不燙。每天洗頭，就讓它自然風乾。雖沒有特別照顧，也絕不損壞它。請你相信我，不必花錢去護髮，那只會寵壞它。大學時一位學姐，為了養那頭長髮，她一星期打工三到五天，每小時四十元，每個禮拜護髮加洗頭，就去了三四百。被寵壞的頭髮從此驕縱成性，只要一個星期不管它，光澤立刻消滅，細看還毛毛躁躁，脾氣很不好。

很多人以為照顧長髮費時費力，其實不然。愈不在乎，它就長得愈好。我沒有胡亂編派，讀過一篇叫〈種樹郭橐駝傳〉的古文嗎？為什麼郭橐駝能把樹種好？訣竅就在「順木之天」。別人種樹都愛護太甚，時時撫它搖它，雖曰愛之，其實害之。只有郭橐駝給足生長的基本條件，就放任它成長。樹反而繁茂壯碩，結實纍纍。養髮如養樹，真的要照顧，我寧願多吃一些何首烏，養於內勝過養於外。

中醫深信髮乃血之餘，又說腎之華在髮，只有血足腎固才會有美髮。何首烏一大包兩百元，功能養血烏髮。《本草綱目》記載，當初命此藥名的人姓何，見這種植物入夜即葉合，認為是靈草，因此服食根莖，頭髮愈黑，而身輕體壯，於是名之為首烏。當然像我這樣喜歡追根究柢的人就會問，含羞草到了晚上也把葉子合起，他為什麼不吃含羞草？又怎麼知道要吃何首烏的根莖，而捨棄被視為有靈氣的葉片？

這些小疑問很快就被另外一個問題轉移了目標。那天我正埋首沈從文的《中國古代服飾研究》，突然靈光一閃，奇怪呀，為什麼古人不分男女都蓄髮？即使在清朝，男人剃了半個頭，腦後也還得拖著一條長辮。沒有自來水也沒電流供應的古代，剪短髮，或乾脆剃個光頭多省事，免吹免洗，也省去打水擦頭髮的繁縟。何況那頭長髮，還得上髮膏。《詩經》不是說，豈無膏沐，誰適為容？周公忙得連吃飯沐浴的時間都沒有，洗個頭也要被打斷三次，每次都得握著濕淋淋的頭髮出來會客，按照老人家的說法，這樣可是會「頭風」的。

留髮的意義何在？身體髮膚受之父母不敢毀傷的遺訓嗎？這是我的自答，其實是另一個疑問。總有修剪的時候吧？什麼時候剪？剪幾吋？統統不知道。

書到用時方恨少，印象中所讀所考都是一些知易行難的形而上大道理，譬如修身養性，或者一些被稱為「大事」的祭祀打仗。世俗物質與小老百姓的生活細節，特別是女人的種種，相較之下，實在太少。偶從詩歌裡讀到梳妝打扮的描寫，雖是小小的碎片，也像撿到寶。

大年初二晚上，快十一點了，我還找不到「古人為什麼留長髮」的答案。決定去吵老師。老師的聲音有點沉，顯然已被睡意浸泡著。我立刻先發制人，老師，你還沒睡吧？嘿嘿，這不是廢話，睡著也被吵起來了。老師以為我突然記起要給他拜年，沒想到卻丟去一個他也從來沒想過的問題。他沉吟許久，電話那邊不斷傳來鞭炮聲，最後他竟然說，妳找到答案再告訴我，我要睡覺了。這招高明，拆招於無形，且理所當然把問題再丟回給我。六十幾歲的老先生說要睡覺，學生哪敢說不？

只好掛電話。查了《儀禮》。跟「髮」相關的資料就有三百三十筆，逐筆看下來，不到三分之一我就暈眩想吐。令人沮喪的是，這一百筆的資料全沒提到核心問題。我不想再查，起身找起士餅乾。嘴巴在動，手和腦也沒閒著，邊吃邊翻讀過的資料。《禮記》說女子十五而笄，那是以簪束髮，表示成年。

婦人束髮，最早可以追溯到燧人氏的時代，用羊毛繫縛再紮起，以竹子或荊梭當笄，貫其髻。束髮的羊毛必然要搓揉成繩吧！這樣才牢固。至於髻髮，起初一定不是為了美觀，而是方便，遂以隨手可得，大自然裡的植物為簪。唸碩士班時，有位同學竟能以筆為簪，輕易把長髮綰得一絲不苟，根本不必梳子也省下髮夾。雖然她穿著打扮時髦，我卻以為她頗有古風。小睡時弄亂的頭髮，捲幾捲，拿枝筆順手一插，就是整齊好看的髻。她教過我，我手拙，始終沒學會。收不服的髮絲，過一會兒便告瓦解，只好歸咎長了一頭忤逆的髮。

披頭散髮做起事來多不方便，妨礙視線之外，吃飯喝湯時，說不定還會嚼到飄散的髮，那可是以假亂真的髮菜。因此後來我發明把頭髮當抹布對待的捲法，也為了不妨礙做事。我以自身的處境替古人設想，留髮梳髻，頭髮大可一年一剪，不像短髮要常修，其實反而省事。何況古人喜歡豐厚黑髮，因此稱髮為烏雲，髮髻為蟠龍。頭髮愈長，可盤的髻變化愈多。對女人而言，以前大概沒什麼特別好玩的娛樂，不外梳妝打扮、撲蝶撲流螢、繡花盪鞦韆。在長髮上變花樣玩，也算是消磨閨中苦悶的好方法。這是我的推測，實際情況如何，就交給民俗學家考證去吧！

我也喜歡豐厚黑髮，不過對於漢代流行的高髻，實在不敢苟同。當時的童謠是這麼唱的：「城中好高髻，四方高一尺。」一尺高的髻，首先就得有厚重的髮量，因此得借助假髮，先盤成螺旋狀，下大上小，髻中得插支撐的柱，沒有戴慣的人只怕會步履踉蹌。別忘了，假髻還得添上飾物，譬如金步搖或是髮釵，打扮妥了，就像頭上栽了一棵很有分量，精彩繽紛的聖誕樹。走起路來花枝招展，顫顫巍巍，其實是重心不穩和努力平衡的結果。出嫁時，還得再加高一尺，兩尺高的髻插上六枝沉沉的銀釵，無法想像怎麼走路。當然這是富貴人家的女人，換成是平民或勞作婦女，這種純觀賞的髮式就不合用了。

〈陌上桑〉那位機智的羅敷，梳的是倭墮髻，又叫墮馬髻，側在一邊，似從馬上摔下之狀。我十分欣賞這位採桑女的形象，倒不是因為她勞作不忘打扮。黃衣紫裙固然艷美，但是不如一個鬆鬆的髮髻，帶出嫵媚而慵懶的情韻，諧和著春天的氛圍和節拍。春天，不就是讓人偷懶鬆懈的季節？向來不喜歡把頭髮抿得一絲不苟，俐落過度，便給人一種過於正式的拘謹印象。

就像抹髮油的男人，不是土氣得可笑，就是油脂得可憎。我偏執的認為，只有兩個男人抹起髮油來是好看的，一個是周潤發，另一個是范倫鐵諾。這兩人太有型，連髮油那麼不討喜的東西到了他們頭上，都要轉變特質，妝點他們的氣度，塑成自身的一部分，好像那種髮式就該他們專屬。周潤發有點傻氣的笑容，硬是讓光可鑑人的頭髮，變得一點也不脂粉。

我自小在髮油味中長大，父親每天清晨洗完澡，都抹Brylcreem牌的髮蠟。父親管那收服他一頭自然卷髮的東西叫髮蠟。這個名稱令人想像它會塑出又僵又服的髮型。藍綠色的髮蠟，不論老少，從老師到小學生，都抹這種味道很重，又極普通的東西。如今回想，那味道確實太濃，其實有點難聞，絕非令人愉悅的味道。後陽台那兩盆繁茂如小型雨林的薄荷，就老令人想起Brylcreem，或許髮蠟裡有薄荷的味道？它漸漸的有那麼一點懷舊的意味。但是，這東西也只合懷舊，我可不愛那種油膩的髮型，枕頭會留下可怕的污漬，以及噁心的味道。

家鄉老一輩的女人都抹髮膏，也多梳羅髻。像魚網一樣的黑網，簡單素樸，安分收住長可及臀的髮，網住這些女人的一生，網不住的是花白的髮。她們不用Brylcreem，而是一種液狀髮油。雜貨店有賣，很便宜。瓶子瘦長，標籤上有個笑得很甜的俏女郎，兩條長辮垂胸。外婆生前就用這種髮油。和她不親，連姓名都不知道，就只記住梳髮的工具。單憑這點我就肯定，即使再唸一輩子中文系，也不會著迷於心性之談。我的生命記憶時而攀附氣味，時而依賴物體，徹底為物所役，倘若氣味與物體俱亡，記憶也將毀壞。

關於外婆的記憶，也只是氣味和物體。那氣味泰半來自髮膏和漿洗過的衣服，或者一個星期洗一次的長髮。她還有一把厚實的木篦，長著細密的齒。用了幾十年的老東西，被手澤髮膏潤得滑溜，而且齒牙動搖，有一兩處和外婆的頭髮一般疏落。一直想不通，髮既已稀，何不改用梳子？那背後必然有故事吧。如果可以，我想保留那把古拙的篦。當然不會用它，只是習慣留下活過的物件，撿拾生命的痕跡。譬如上回返家，搶得父母親結婚時的老床單一角。連母親都想丟棄的垃圾，卻讓我帶了回來，和首飾收在一起。

外婆在我來台前半年過世，我沒有奔喪。大年初二，只有母親匆忙帶著兩個妹妹北上，父親請假隨後再回。大學時讀到黃庭堅的詩句：「客心如頭垢，日欲撩千篦」，想起外婆梳髮的情境，以及，那枝老舊的篦。

後來才知道，梳和篦的功用不同。李漁說，善梳頭者，用一百錢買梳子，用一千錢買篦子，梳順髮，篦以除垢。顯然古人不常洗頭，因此積累的塵垢，需要一把細密的上好篦子。按照我的推斷，長髮易髒，久不洗，易滋長頭蝨。或許，那密齒也可梳落吃得太肥的蝨子吧！至於尖細的簪，不只可以髻髮，也可取下搔頭抓癢，杜甫不是說「白頭搔更短，渾欲不勝簪」？講究點的人家還分樿櫛和象櫛。樿櫛是白木梳，頭髮濕滑時用；乾而澀，則用象牙梳。梳子不嫌多，求其有用而方便，這是聰明的用物原則。

不論是梳髮去垢或搔癢，畢竟是梳子的正常用途，用以治病，卻接近天方夜譚了。李時珍《本草綱目》記載的那幾句話，我前後讀了不下十次，不敢相信自己的眼睛。

你以為梳子能治什麼病？當然跟蝨子有關。李時珍引一個叫陳藏器的人的說法：「蝨病，煮汁服之（梳篦），及活蝨入腹為病成癥瘕者。」接下來他收錄的附方，是「敗梳敗篦各一枚，各破作兩分，以一分燒研，一分用水五升煮，取一升調服。」千真萬確，原文也十分白話了，就是用舊梳舊篦各一枚，各分作一半，以五升水煮，喝一升，即癒。李時珍白紙黑字寫下的。如果單只這一條，可能是誤錄，但接下來的幾帖藥方，則表示以上所述非個例。

總而言之，凡是「不通」的，都可以用梳子「梳通」，方法都是用木梳燒灰，計有「噎塞不通」（噎到）、「小便淋痛」（這個不必解釋吧）、「髮哽咽中」（頭髮哽到喉嚨，那一定是誤當髮菜食用）。乳汁不通，配合內服通乳藥，外用木梳梳乳周百餘遍。還有一條，和「通」無關的，是治霍亂。方法也是敗木梳一枚，燒灰，以酒代水服食。另外，蜜蜂叮螫，以熱木梳熨傷處；狗咬傷，亦以木梳煮水食之。

你，相信嗎？我好奇的是，這些醫方，確實有人服過，並因此而病癒？這個發現，讓我不得不對《本草綱目》另眼相看。這哪是醫書，簡直是傳奇或志怪，像小說者言了，尤其我服膺藥食同源的道理，常自行調理中藥，為此多少有些憂心。

綜合這些藥方有兩個特徵，一是梳篦要舊，二須是木的材質。不知道關鍵在哪。我用的扁梳質材計有木、牛骨、塑膠合成，多半來不及變舊，就莫名不見。即使真能治病，也絕對找不到舊梳煮水。我倒有一枝用了五年的舊髮夾，那年剪了短髮，見到這枝鑲著亮珠子的髮夾，還是決定買下，耐心等髮變長。用了兩年，亮珠落盡，黑絨毛逐次剝落，露出半鏽的鐵骸。我便不好意思再戴出門，可是，只要在家，我就用這枝又舊又大，卻最舒服好用的破髮夾。

那麼，我的梳子們去了哪？一些陌生地方，譬如旅館，或者馬來西亞兩個家的某個角落。百貨公司、餐館的洗手間；計程車的座位上，火車的甬道間。像是孢子，四處散落。可以預見的是，這個譜系會隨著時間，無限蔓衍。

蠱

每次穿上那件上衣，在台北匆忙行走辦事，彷彿就真的變成了異鄉人。艷黃的蠟染布，七分袖和下襬各縫接著寸餘長的金蔥，再加上一件下襬也繡著亮彩圖案的八分褲，從路人好奇的目光，我知道這身裝扮太過招搖，即使在馬來西亞，我也不敢穿這身衣服出門。可是穿著它在台北遊蕩，卻有生活在他方的愉悅，還有，一種隱約的鄉愁。

模糊的，我從來不承認的鄉愁。不痛，有些癢，就像頭上長了蝨子，不時總要搔一搔。那件衣服總是令人想起頭蝨，和張愛玲長滿蝨子的華麗袍子無關，倒跟印度人的頭蝨脫不了關係。

記憶裡的印度女人總是在捉頭蝨。她們蓄著長髮，長髮編成一條結實的長辮，長辮抹上油亮的髮膏，背後看去，一條黑蛇隨著人體款擺，髮尾尖尖的像蛇信，讓人不得不注意她們豐厚的臀，因為那條妖嬈的黑蛇，就貼著她們的臀搔首弄姿呢！頭髮太長清洗麻煩吧，肥潤的油膏和汗水因此滋養出大把大把頭蝨。捉頭蝨，成了她們在家務以外的娛樂。

孤獨的童年時光，常常站在鐵軌邊發呆。鐵軌很長，延伸到我無法想像的地方。它送來一列列火車，送走每一個安靜寂寥的午後。鐵軌旁邊一棵結滿黃果子的大樹，樹葉篩出細細碎碎的陽光，風起的時候，寬大肥厚的葉片翻滾起伏，發出嘩嘩的水聲，讓人以為大風同時帶來了急雨。那家捉頭蝨的印度女人，也許是母女吧，就住在鐵軌旁邊。她們在無所事事的午後，開始旁若無人的捉起頭蝨。

打散髮辮後的印度女人頓時失去了光采，尤其是步入中年的媽媽，陰霾的眼神總是令人害怕。她披散著亂髮伏在女兒膝上，臉半掩，依稀可見的側臉有些憔悴，晶亮的鼻環因此成了我眼神降落的地方。她的眼睛閉著，全然放鬆，任由女兒把她的頭髮翻來翻去，只偶爾睜開眼睛，從髮茨間拋來一個讓我不能迴避也不敢相對的眼神。那半睜的眼神總是看得我很無助。因為那陰鬱的眼神，遂使兩個女人相偎的模樣，成了記憶裡永恆的雕像，伴著風吹樹葉如雨，以及火車悠遠的鳴聲。經過一次又一次回想，那情景竟然被記憶修改為彼此相依為命的景象。

也許那是我的錯誤詮釋吧！寧願相信她們很幸福。懶洋洋的下午，當大部分村民被太陽烤得昏昏欲睡時，她們專注的神情，像在舉行神聖的儀式。頭蝨從濃密的髮叢裡被揪出來，女兒兩指使勁一捏的剎那，我腦海浮現的是狗蝨被拖鞋拍得血肉模糊的樣子。雖然頭蝨比狗蝨小太多，那種殺戮的快感應該很接近吧。

我們從來不打招呼。在那個以華人為主的村子，印度人成了少數的邊緣人。在我眼裡，華人和印度人可以簡單的分為不長頭蝨和長頭蝨。在沖水馬桶尚未普及時，這家人的先生挨家挨戶挑糞。過年時他會特別帶著兒子，慷慨些的華人就會大人小孩各給一個紅包。他們打赤腳，再大的太陽，也是那雙肉足赤裸裸走過滾燙的柏油路，好像也沒有看過鞋子散置在他們家門口。那個印度媽媽看我的眼神裡，不知道是不是混合了一種怨懟的不平情緒。當然也有換成媽媽捉頭蝨的時候，可是我已印象模糊，只有那令人驚慌的眼神，使那幅捉蝨圖成為生命永遠的烙痕。

搬到油棕園之後，緊鄰著隔壁就是一家印度人。捉跳蝨的場面沒有重演，取而代之的是凌晨時分女人的哭喊，伴隨著牆壁清楚傳來的撞擊聲。那真是令人頭皮發麻的聲響，只要想像頭顱狠狠的與牆壁對撞，痛楚立刻神經質的傳導到我的頭上。才國小二年級的我無法理解，喝醉酒的印度男人為什麼要打太太？馬來鄰居說他們早已習慣了，採收油棕的印度男人把辛苦賺來的錢，拿去喝廉價的椰花酒。喝過頭了，便發酒瘋打太太。他們喜歡撞擊的聲響。鄰居串門子時說，也許和油棕落地時的撞擊聲一樣吧。莊園裡也有工人因為喝了私釀的椰花酒，而中毒身亡。被夜半哭聲嚇醒時，我便祝福那個印度男人早日中毒身亡。

那家印度女人也留著及臀的蛇辮，聽說印度男人都扯著辮子，用力把太太的頭往牆壁敲，使得那條辮子看來分外邪惡。無法想像那個看來很溫和的男人，夜裡會變成一頭野獸。頭蝨或許因為無法承受撞擊的力道而紛紛墜落，所以沒有見過她們捉頭蝨？

跟他們高中二年級的女兒熟悉之後，我也沒敢提那個困惑：她怎麼可以忍受那樣的爸爸？聽到她喊爸爸吃飯時，耳際總有女人悽愴的哭聲響起，與那幅捉蝨圖交錯疊合。直到搬離那間房子，我仍然常在半夜驚醒，豎起耳朵尋找不存在的哭泣，彷彿又再看見陰霾的眼神，受過驚嚇的靈魂很長一段時間不得安息。

我不知道是否每一戶印度人家背後都有悲劇，跟華人祖先一樣飄洋過海討生活的印度人，似乎有著相似的生命情境。華人說起印度女人的鼻環，都說那是壞了她們命運的不祥之物。穿了鼻環的女人就像牛一樣，一輩子勞碌，受制於男人與不可見的命運。耳洞之外再加上鼻環，即使再輪迴也要當個苦命的女人。從小接受這樣的教誨，我連耳洞也不敢穿，打定主意下輩子要當男人，絕對不可貪圖今生小小的美麗，而破壞了來世的男相。那麼，跟隨著潮流穿耳洞戴鼻環的男人，也許下輩子是想當女人的吧！

我在油棕園度過童年的後半期和青春期，前後搬了四次家，搬來搬去，總與印度朋友為鄰，他們是善於利用美感征服貧乏的民族。即使住處那麼狹小，屋前總也種滿繁茂的花草。餅乾桶油桶牛奶罐子當花盆，栽出艷麗搶眼的花色。他們偏愛濃烈的花色，家家都有那麼幾篷大紅大紫的九重葛，花太重，以致不支垂地，很有散漫慵懶的情韻。花質厚重結實的雞冠花也是他們的最愛。不過那質地太過剛毅，顯得火辣辣的紅色有些殺氣。奇怪的是在油棕園住了那麼久，很少看到有人捉頭蝨。花下捉蝨，應該有點怪誕的美感吧！

印度朋友古瑪一家，是屬於雅利安族的北方印度人，白膚較白皙，身上總有一股淡雅的清香。她家前院種了幾棵盛放的紫薇，屋子裡終日薰著印度香料，在她家待久了，渾身上下都是印度味。我們原來用彼此都懂的馬來語和英語交談，可是她促狹的個性一來，便教我坦米爾語的三字經。征服坦米爾語實在很有成就感，那是一種專門刁難舌頭的語言，要一條很軟很有彈性的靈活舌頭，才能把那些乖舛的捲舌音馴服。我故意把每一個三字經都說得很標準，她笑得和院子裡的九重葛一樣倒在地上。

有時我也學寫坦米爾文，例如數字和單字，就像她要我教她中文一樣。後來博士班上西藏文，那些像圖畫一樣的文字，總讓我想起古瑪笑得在地上打滾的模樣。我曾經悄悄的問過她父母親打不打架。她瞪著原本就已經很大的眼睛說，噢！當然不。

她的父親個子很高，灰白的頭髮梳得一絲不苟，高挺的鼻樑上坐著厚重的眼鏡，薄薄的唇上撇著很威嚴的八字鬍，一把長傘當枴杖，走起路來篤篤篤，像英殖民地時代的紳士。他是莊園裡的高級職員，跟女兒也用英語交談，不太說坦米爾文，就像莊園裡那些從小受英文教育的華人，習慣用英文思考，讀英文報，收看全是英文電視節目的第五頻道，宛如還活在英殖民地時代。

古瑪吃飯用刀叉，不像以前的印度鄰居用手抓飯。我覺得很可惜，按照古瑪那種文明的方式，吃飯不過是生理需求，可是用手抓，那就變成遊戲，飯也因此可口多了。尤其是印度喜宴，在臨時搭起的簡陋布篷下，跟一群印度朋友排排坐，伴著連說話都要大聲嚷嚷的樂音，和濃烈的印度香水味，吵雜的環境和簡單的兩樣咖哩菜色，都無損於每一口經過「手工」的飯。我一直不明白，為何黃油飯經手指捏過之後，特別香甜？

在油棕園住久了，我慢慢的發現印度人明顯的階級意識。就像以前住的新村老家，華人與印度人宛如分住兩個世界。莊園裡的一些印度高級職員，就像古瑪一家那樣，不太跟採收油棕，或是做苦力的印度鄰居往來。

只有女人的衣服不分階級。那些觸感輕柔飄逸的紗麗，搭在女人黝黑的膚色上，對比出強烈的色彩。上衣和裙子之間露出中空好大一截腰圍，紗麗乖順的滑肩而下，顯得腰身很靈活嫵媚，尤其是穿在姣好身材的女孩身上，配上發出銀亮聲響的手環，常常讓我看癡了過去。

母親稱那些濃烈的民族色彩為印度色，神色間有點輕蔑。於是羨慕歸羨慕，我卻從來沒有表達過想把那些印度色穿在身上的渴望，總是偷偷的想，如果有一天，額上點個紅痣，手腕套一大串七彩的手環，讓紗麗和長辮子在腰間勾搭碰撞，不知道是什麼模樣？不過少了那些造型誇張的耳飾，和鼻子上那顆顯眼的鼻環，印度裝扮必然失色不少吧，無論如何，我可是下定決心下輩子要當男人的喲！

至於那些彷彿是印度人正字標記的頭蝨，我可從來沒有想要領養牠們。也許是那幅捉蝨圖總是帶點悲愴的意味吧！聽過夜半撞擊的聲響和女人的哭泣之後，總讓我錯覺那對母女彷彿也有什麼委屈，藏在我無法看見的暗夜裡。如今她們連同那些被掐死的蝨子，和孤單的童年，隨著被鐵軌送走的火車，全都走進了記憶最深處。只有嫵媚的紗麗，還在裸露的腰際款擺，那艷冶的色相，讓人惦念至今。

統統回收

在中壢開車，最怕紅燈。一停，立刻有人來遞房屋廣告。車流湍急的環中東路和中山東路口固定有四張。每天如此。運氣好時，最高紀錄是一天八張。當然大可不理，像很多人一樣。反正不拿別人會拿，反正，那疊廣告單早晚會發完。可是我不忍。每次都搖下車窗，照單全收。他們薪資微薄，在川流的車陣髒濁的廢氣裡討生活，而我坐車內，刮風下雨大太陽有車子罩著，遂衍生出小小的罪惡感。我搖下車窗，伸手接下贖罪狀，在紅燈轉綠前，迅速瞄一眼，丟下，一踩油門，把那些人拋在車後。

其實並不想拿。它們最後全餵了那口大黑塑膠袋，和報紙信封書訊紙箱紙盒包裝紙傳真等一切廢紙等待回收，徒然浪費空間。它們只是廢紙，為了安撫良心，只好充當中途轉運站。廣告上的房屋我大都很熟悉，有些是去年前年大前年的案子，賣了兩三年仍滯銷。坪數大小、公設比、設備，以及房子的優缺點我可以倒背，實品屋也大多看過。即使是新案子，一星期之後也變成舊資訊，它們有時夾在報紙裡，簡直像無所不在的感冒菌，或電腦的病毒。

在中壢陸續看了半年房子，先是被強迫，繼而習慣性的去記爛資訊，滿腦子無用的數字，對房子、火災和地震過度反應。爛資訊極可能覆蓋一首詩、一個作者或一本書的記憶。有一次上課，我想說：柳宗元的〈江雪〉。可是這兩組概念忽然消失了，剩下畫面和空靈的感覺。可是，感覺如此抽象難以描摹，詩、作者和那二十個字在飄渺虛無中，腦海跟雪景一樣白。那詩，去了哪兒？於是我像壞掉的跳針反覆跟學生說，就是那首詩嘛，那首我們都知道的詩。哎呀！你們一定知道，那首釣魚的詩呀！

學生一臉茫然，女生掩臉忍笑，那個用功的男生努力思索，想幫無助的老師解圍。當時我腦海出現「鏡泊湖」。天啊！那是新的透天社區，早上在路途中拿到的房屋廣告，趁等紅燈的空檔迅速瀏覽過。它被掃進〈江雪〉的記憶位置，覆蓋了那白茫茫的記憶。

可是，它跟〈江雪〉究竟有什麼關係？

不是第一次了，再平常不過的常識和事件被鎖碼。我皺眉思索，覺得眉心緊鎖，皺紋滋長，最終卻不得不放棄。我把教了四年的學生A叫成學生B，結果兩位都生氣，覺得被記成對方是恥辱。再熟悉的人名和地名常在開口的那刻消失，先是尷尬，然後焦慮。

同事說我一定太忙。忙，令人健忘，得好好休息。我把兩份舊報紙，一疊廣告單七八張，一起丟進黑塑膠袋。嘆息一聲，那疊印刷精美的雪銅紙我沒翻動過，尚未達到廣告效果，就得送去做紙漿。前兩個星期老榮民才來回收，一眨眼，又是廢紙滿袋。想起同事善意的建言。不對，刻意不忙。跟別人說了許多不，換來的時間卻老嫌不夠用。時間在前面跑，我還按著自己的節奏閒晃，每年年終清算自己，總是一筆糊塗帳。

其實我覺得緊張。我的匆忙表現在行走的速度，步子快而碎，常在走廊轉角撞上學生或工友，把悠閒踱步的同事嚇一跳。學校有開不完的會，開會時記掛著桌曆。那上面有火燒眉的事情等我。於是神經質的把筆放在手指上轉，愈轉愈急。年年這樣周而復始，從沒弄懂那本複雜的帳怎麼個算法。

譬如今年吧，照例把自己的桌曆再回顧一遍。早已沒有寫日記的習慣，桌曆成了外務日記，演講評審截稿日以及無聊的會議。我掠過那些事，質疑自己，發呆。咦！去年此時我在哪裡做了什麼？一月事情多得可怕。三月呢？為什麼竟是幸福的空白？有時再把前年的拿來對比，發現更多忘記的曾經。

接著是長長的沉思和一貫的猶豫。丟，或留？桌曆和記事本整整一箱，包括去年前年大前年，以及好多年以前的。留著，本來是提防年老時萬一失憶，還有文字指認活過的痕跡。誰知世事難料，紙箱底下幾本印刷精美的行事曆一打開，蠹魚四散。吃了一驚，劈啪一陣亂打，死的死，逃的逃，本子早啃得斑爛。不必等到失憶，文字先就成了廢墟。防患於未然在這什麼都可能發生的時代，委實可笑，早該做了紙漿實在。

就像那些房屋廣告，起先都留著。賃屋而居的那幾年，廣告單子是報紙的句點。讀完新聞我拿著中壢市地圖比對，尋找房子所在，託它們的福，因此認識了不少路名。也僅止於紙上認路，我一個人開車絕對到不了那裡。那時景氣尚好，隔不久總有新案子，週末無事，便把看房子當娛樂。沒打算買，先打電話投石問路。我們志在逛大街。我有朦朧的預感，可能得在這裡待上大半輩子，所以必得摸熟這城市的脾性。喜歡坐車逛街，車子的玻璃讓城市產生距離，隔開令人頭昏眼花的人群和車流，商品和店招，讓我免於被淹死的窒息。

本來極討厭這個不鄉不城，檳榔攤林立的亂城市。得感謝傳單，自從開始看房子，對中壢竟有那麼一點小小的喜歡。只要離開市中心，總有渴望的綠，大片大片的，不是被夾在馬路中苟活的路樹。

商店附近隨時有稻田和菜地安靜的窩在馬路旁，岔入繁忙的環中東路支脈，只要一分鐘，便是人車稀少的小路。這個季節有大片的芒花和向日葵，探手就可以摘到花白和澄黃的一大把，帶回家送給那只木訥老實的陶瓶，讓它們在落地窗前共沐溫暖的冬陽。

重複的廣告單子逐漸多得令人心煩，房子近乎逛盡，紙上建築便也失去魅力。本來以為這些漂亮的單子收著，久而久之，便成為一本中壢房地產發展史。從小喜歡跟大人唱反調，唯獨對紙這一項，心存敬意。大人最忌小孩坐書坐報紙，說會因此而變笨，其實是對知識和文字的尊敬。

小時候也沒有資源回收的時髦想法，廢物利用是因為物資缺乏，或者省錢。印度小販賣一種水煮豆子，叫kacang putih，就用報紙捲成漏斗狀，熱騰騰的軟香豆子連同未濾乾的鹽水也一併倒入。吃得慢，報紙浸透軟爛，剩下的豆子只好握在掌心，不捨地一顆一顆拈入嘴裡。有些恰好印了鉛字，吃前先仔細認字，再把字和豆子一併送入口。認字這個動作延緩了吃完的失落，口腹彷彿因此更加滿足。

後來當然知道不衛生，報紙經過人手沾染無數細菌，鉛吃多了會中毒。可是，誰管呢？報紙還用來包豬肉，照樣有碎紙黏著涼軟的肉身，雪白的豬皮寫著當日的新聞或小說連載，清楚的一整段，夠一個小孩讀半天。再後來，印度人用撕下的日曆，以及小孩寫完的練字簿包豆子，我們照樣吃得盡興。最沒用的是大小楷本子，水一沾，字化成黑水，染一手髒髒的墨。只好用完就丟，覺得很可惜。

現在紙張簡直氾濫。選舉、新店開張、老店折扣、大賣場特賣、化妝品促銷，全都有專人在熱鬧的路口派傳單。麥當勞也插一腳，大疊的折價券免費送，儘管三樣五十元超便宜，總不能頓頓吃漢堡，再便宜，也只好資源回收。極少出現的便宜價格對比平時的昂貴，就知道那個大大的M字標誌是個微笑的吸錢袋，同時也讓普天下的小孩因此而有全球化的童年記憶。我為他們悲哀，又慶幸自己還可再深思，添個全球化兒童是否必要。

這些全球化兒童未來得解決過剩的廣告單子。他們大概不會有我面對世事的多慮——那來自上一輩的價值觀，長輩們惜物，讓我即使面對一疊廢紙也要猶豫再猶豫。吃飯時扯一疊墊在桌上，承接濺出的湯汁和骨頭，省去擦桌子的工夫。還是不安。眼神穿透廢紙——它們是漂亮精美的廢紙——看到被謀殺的樹。我也是殺樹的人哪！寫完稿子要列印幾遍，出書，寫信……。

通常想到這裡便打住，再往下牽扯是一個龐蕪的推理，太費神，頭痛。這問題最不可能的結論是：紙幣統統廢除，回到物物交易的時代。

冬日午後，長空很寂寥，安靜的浮雲在遠方堆疊再堆疊，澄黃的太陽從落地窗和側窗爬進書房，映得安靜的書房像塊凝固的橘子果凍。拔掉電話，沒開燈，就著冬陽在落地窗前讀書。其實沒有用心讀，因為新買的書夾了一張卡，復又勾起我的廢紙思索。

貓睡了，打著很重的呼嚕。貓不必為這事煩惱，因為牠不製造問題。唯一沾上邊的，是用舊報紙釘成的貓廁。然而，那也不關貓的事，不用貓沙用報紙是我們的選擇，廢物利用的方式之一。小肥未送走前，我們的舊報紙全釘成貓廁，兩份報紙足夠三天份，連廣告單子都填進去，一次釘一個月的分量，根本沒有廢紙回收這碼事。如今剩下小女生，廢紙忽然變成每隔一個星期就得處理的煩事。

當然，廢不廢紙純粹是主觀認知，圖書館的舊報紙就得稱為史料。曾經在台大研究生圖書館翻資料，幾十年前的報紙發黃變脆，即欲回收也不易吧！翻出來的資料帶著灰塵，那些歷史遺跡誘發猛烈的噴嚏，一時涕淚俱下。看在資源回收的老榮民眼裡，這些都該壓了紙漿補貼生活，怎麼還可以佔用整整一層樓？舊書攤論斤斷兩的老書，命運跟廢紙無異。大學時代常在舊書攤流連，不經意看到作者的贈書落款，總是令人唏噓，而賣書的人連撕下扉頁的良知都沒有，人格可知。如果他也是寫書人，這仇不難報，如法炮製即可。但是我會記得撕下扉頁。不幸這人著作歸零，那就只好摸摸鼻子反省反省，自己沒有帶眼識人。若要作選擇，寧可把自己的書壓了當紙漿，也不要淪為次貨。

一個朋友專門收集出版社的書訊和各報副刊近四年，按時間順序摺疊整齊，一月一疊，收在床下的紙箱裡。哪天缺了某報副刊，他會打電話來叮囑，你們家如果有，千萬給留著。他那小小的斗室連轉身都難，四處廢紙，虧他還活得下去。蟑螂最愛報紙，我說，你床下鐵定養了不少，小心睡覺時牠們在你臉上溜滑梯。朋友很認真的答：我一個星期搖動紙箱一次，絕對沒有。

呃！這樣的人，你還能說什麼？

我有個積習，喜歡留下旅館的信封和信紙。長年下來，使用的速度永遠比不上累積的，於是也成為一種廢紙，擠壓著其他物件的空間。這年頭，信封信紙代表的緩慢和悠閒漸漸成為過去式，信件，成了手工業時代的遺產，帶著復古的況味。

自從家人不再給我寫信，那兩大箱信件和卡片變成我跟家人的斷代史。常常覺得應該找個時間，把幾百封來信順時序分類排好。好幾年過去，卻從沒找到這個合宜的時間。它們就像沒有回收的廢紙，靜靜的藏在時間遺忘的角落。

還有情書。滿紙荒唐言，簡直不忍卒讀。時過情遷之後，情書就像分泌旺盛的頭皮屑，有礙觀瞻。我曾經在一本借來的書裡發現一紙短箋。那是粗心的收信人遺落的情書，遣辭用字令人難為情。何況，他們皆為我所識。

情人之間的語言，一言以蔽之，不可說。西蒙・波娃給艾格林的《越洋情書》，令我真確體會到兩個真理：情書絕對只是兩人之間的暱語。而率真，有時也會令人難堪。當然，這種說法極可能是我不夠浪漫的緣故。我的結論是：聰明人應該拒寫情書，早晚，情書也會變成廢紙。所以，在情書變廢紙之前，適可而止吧！

懷被

直到現在，我仍然不喜歡冬天。台灣的冬，濕而冷，永不休止的悲風，把中壢這台地吹得分外憂鬱。冬衣大多灰暗沉重，我怕冷，每次出門，衣服一層又一層，穿成一隻紮實的粽子，像我母親裹的，餡很實在的那種。走路時把手抱在胸前，頭往脖子縮，一種自認被寒冷打敗的頹喪姿勢。人在外面，想的卻是溫暖的棉被和床。出門的目的彷彿只為了回家。最難過的是入睡前，身體觸到床，棉被兜頭罩下的剎那。每晚我都忍不住大叫，好冷啊！身體扭來扭去，兩隻腳拚命摩擦取暖，想要鑽出一點熱來。

這就是冬天。在台灣過了十二年，冬的新鮮感早已消磨殆盡，剩下難耐的濕和冷。過完年返家，小妹追著我問，冬天有什麼好？我想了很久，最後說，可以蓋棉被呀！赤道不可能蓋的棉被，又厚又重，很舒服呢！她罵我神經，一臉不可置信。說這話時，我已失眠多日，忽然極度想念那床被，在攝氏三十二度的高溫下。薄毯太輕，沒什麼安全感，也承載不住夢的重量，而且有股奇怪的味道，形成無法穿透的距離，或許在櫃子放太久，才有那股自閉而拒絕溝通的氣味。

總而言之，我就是睡不著。

於是不斷變換姿勢，最後還把手腳伸出來。這鬼天氣，即使薄毯都嫌多餘。我把毯子挪來挪去，怎麼挪都不對。清晨醒來，毯子被不安的夢踢得老遠，而我縮手縮腳縮成蝦米，擁抱著自身的體溫抵禦寒氣。

每晚我都輾轉到凌晨，擁著新被懷念老棉被溫暖的擁抱。那熟悉的味道，貼身的安全感，還有厚實柔軟的觸碰，這一切遙遠得簡直令人心碎。從棉被再想下去，自然就會想到送走快兩年的貓咪，那和棉被一樣肥胖的肚腩、那觸感和氣味，和老棉被是多麼相似。在寂靜的夜裡，悄悄的，便有了淚的衝動。只好傷心的承認，我是多麼安於現狀耽於逸樂，再加上幾近濫情的懷舊，還妄想要冒險異域夜宿野地，簡直是癡人說夢。

別以為我蓋的是高級的蠶絲被，或是輕柔的羽毛被。那只是一床重七斤，不超過八百元的普通棉被。論外形，它實在沒什麼優點，不但舊，還有些破，而且臃腫癡肥。但是你聽過新科父母嫌棄自家小孩嗎？棉被也一樣，再破再醜，都是自己的好。小叔到了二十三歲還留著小時候蓋的毯子——不，應該說，毯子的殘骸——那塊灰黑的布團，是毛毯的一角，看來像是童年的壽衣，用力一扯就會碎裂。那塊髒兮兮的破布比抹布還要爛，任誰看了都皺眉。他當寶一樣放在床頭，像是夢的守護神，同時用來憑弔逝去的時光。

我說的棉被，其實包含了棉被套。唯一的棉被套子，也和棉被一樣用了六七年。並非我裝窮，純粹是習慣。習慣了那種溫馨的破舊，還有，套子上那一百隻貓的微笑。起床的時候，那讓人想到老式面巾上印的「祝君早安」。微笑的貓還會微笑的祝我晚安。只要想到一百隻貓微笑送我入眠，心情先就愉快起來。入睡前我擁抱一百隻貓同時也被牠們擁抱，然後把頭埋進去，一連狠狠吸幾口，啊！熟悉的棉被味道，令人感受到具體的幸福是如此柔軟可親。

兩年前送走的貓，曾躺在這被套上拍了一張帥氣十足的照片，我總是假想把頭埋在貓咪身上的那種幸福。因此我不喜歡新洗的被單，就像不喜歡剛洗過澡的貓失去了貓味。洗衣劑的味道是一種可以複製的人工氣味，如何能夠取代獨特的時間之味？

來台灣之前，只從小說裡讀過棉被。

初抵台灣是九月，天氣微涼，老飄雨。空氣因為冰涼而顯得明淨，像從冰箱吹出來的那樣。外出得加一件赤道肯定不會用上的外套。黃昏，師大路上的水果攤開始賣柿子。黃澄澄的硬柿，一種我從來沒吃過的水果，在燈光下排列得那麼整齊美艷。那時我便想，哦！這就是秋天。從文字裡走出來的秋天那麼夢幻，令人忘了現實。有一晚冷醒，我從床上爬起來，發現剛搬進來的兩位室友擁被而眠，裹成一隻蠶的樣子看來溫暖得令人妒忌。

第二天我立刻約了唸美術系的朋友去買棉被。她早來兩個星期，在吳興街打工。因此她建議我到吳興街去，她的棉被就是跟她一起坐公車回來的。師大路當然有棉被行，就在和羅斯福路交接處。只是我老貼著師大宿舍活動，且方向感奇差，附近有些什麼店根本弄不太清楚。也許我看過那家老式的棉被店，但是沒有留下印象。我記得花店，但不記得那家在花店隔壁的老棉被行。在我買了棉被之後，它才納入我的認知範圍以內。

那天是週末，我們乘一路公車大老遠到了吳興街，逛了兩三家棉被行，試了許多不同價錢不同質材的棉被。對那些能夠增加冬天幸福指數，但高價位的棉被，只好一摸再摸，又按又揉的，然後，輕輕的嘆氣。朋友附在我耳邊說：「有錢真好。」之後我很認命挑了價錢便宜的傳統棉被，和一個水藍色的被套。我腦海浮現《苦女流浪記》，為了省錢，苦女過的是那種要把生活費掐得死緊，一毛也不許多花的生活，連買根針她也猶豫。臨走時我又看中了一個床墊，一面是軟墊一面是草蓆，冬夏兩用的那種。對我而言，這東西也是新奇的奢侈品。室友都用白布套的棉墊。可是，我還是買了。原來省了上頭的錢，錢還是打下邊流走了。

那晚我抱著大棉被，朋友提著綑成一卷的床墊，在路人的注目下，快步走到公車站，從吳興街搭一路公車回到師大。雖是初秋的天氣，仍然因負重而出了一身密密的汗。上車時，司機和乘客都投來怪異的眼光。我還瞄到司機從後視鏡跟蹤我們到落座方鬆開的眼神。當時覺得好玩，好像做了一件不理世俗眼光的事。可是當我發現那間位於路口的棉被店時，真覺得自己蠢得可以。那些原來不當一回事的眼光，立刻變成了難忘的嘲諷。

無論如何，終於不必半夜冷醒。蓋棉被的感覺很像夾心餅，棉被和墊子都是餅乾，躺在中間的人便是餡。一間寢室有六塊夾心餅，左右各三，我的位置在中間，仍然是夾心的位置。住了四年宿舍，我都睡中間。因為開門的位置容易被干擾，又不好意思搶最裡面的好所在，只好在不好不壞的中間落腳，算是保守卻安全的選擇。不過，我可是一點也不欣賞這樣不徹底的自己。

棉被的感覺和薄毯是多麼不同，我第一次深切感受到來自物質所給予的安全感。從初秋到深冬，隨著溫度的下降而增加對它的依賴。照不到太陽的寢室特別冷，有時乾脆把棉被裹在身上，把腫胖的身體塞進椅子讀書寫字，每個星期固定給家裡寫一封信。照例是報喜不報憂，好事誇大，壞事絕口不提，通常都是我過得很好，不必掛念之類。此外就是一些無關痛癢的活動報告，就像小時候搬到南部，爸爸規定我每個星期得給北部的祖父母寫的那種，乾脆就叫「報喜信」吧。報喜信一寫七八年，直到我開始打電話，用高額的電話費取代十三元的郵資。

裹在棉被裡寫信令人堅強。現實再怎麼壞，至少有一床殷實的棉被可以依賴。我無法用一些抽象的概念來安撫自己，譬如「天將降大任於斯人也」這種一點說服力也沒有的高蹈理念。最好是具體可觸之物，一件舊睡袍，或是老棉被都遠比高不可及的說辭來得即時而有效。

不上課的早晨，就把枕頭當靠墊，窩在床上擁被讀書。讀著讀著，棉被漸暖，睡意漸濃。我漸漸能體會同寢的師保生學姐為何堅持不能與人共被。寢室一共有兩個師保生學姐，其中一個已經離婚，比我們大上十歲，有個五歲的兒子。她最喜歡裸身與棉被廝磨，每次滑進棉被時，總是發出滿足的嘆息。那長長的嘆息，是噩夢的假面。伴隨著長嘆的，是暗夜裡的夢魘，半夜總是被她的囈語驚醒。有時是一聲突來的咆哮，有時則夾帶著淒楚的哭泣，更多時候是一串模糊不清的閩南語。一一三四室，大概是師大女生第一宿舍噩夢最多的寢室。

醒來後，我抱著生平第一床棉被，瞪著很近的天花板，揣測她的夢境，為她編造一個愛情悲劇。自然是跟背叛有關的主題。愈想，意識便愈清醒。隔天早上醒來，夢境撫平了她的情緒，我卻陷入她的夢境泥沼裡。

被迫成為窺夢者，使我面對她時懷著異樣的情緒。她一如往常般跟我們說笑玩樂，令我不安，當然也有更多的好奇和同情。但是白天的學姐樂觀得近乎強悍，反令人懷疑暗夜所聞是我的顛倒夢想。大一那年的睡眠多半是破碎的，勉強用來應付沉重的課業。半夜裡那些不快的夢境指向什麼？大概只有她的棉被最清楚了。不過棉被肯定不會出賣主人，毫無疑問，棉被絕對比情人忠誠。那些不快樂、膠著、灰濛濛的情緒，被巨大而柔軟，像海綿一樣的棉被吸附了。隔日醒來，一個開朗愛笑的學姐復又出現。

畢業後在新店山上租房子，一個多貓多雨，濕氣很重的社區。我在那裡認識了許多貓，也收到風濕這份意外的禮物。晴朗的冬日，從一樓到五樓，整條巷子都掛滿了棉被。棉被曬在頂樓，我曝於陽台，樓下的鐵皮屋頂則成了曬貓場。跟這幾隻野貓雖然相識，但這時我們互不理會，連招呼也懶得打。冬陽下，大家都暖和舒服得說不出話來。

棉被隔兩小時要翻面，好讓棉絮徹底蒐集太陽的能量。最好拿撐衣竿把棉被打鬆打軟，打出細細的棉絮在空中飛舞盤旋。曬過太陽的身體變輕了，有一種說不出的通透感。本來心情萎縮得像一顆僵硬的饅頭，被太陽一照，就好比蒸過變鬆。

冬陽怎麼就那麼有魔力？連貓咪都幸福得閉起眼睛，即使有老鼠經過，我相信牠們也懶得抓。曬過的棉被跟人一樣變輕盈了，棉絮膨脹，濕氣蒸發殆盡，而且散發出陽光的甜香。軟玉溫香抱滿懷，應該用來形容曬過的棉被。這時候，給棉被一個結實的擁抱吧，像擁抱睽違的朋友，棉被也會熱情的擁抱你，並且獻上太陽的馨香。

曬棉被那天最期待的是上床。什麼是幸福呢？就濕冷的冬季而言，便是蓋一床蓬鬆的棉被，聞著太陽的味道進入夢鄉。夢鄉不再潮濕，第二天醒來手關節便暫時離開疼痛，心情立刻好轉。不過濕氣很快就會浸透，最慢一個星期，太陽的味道就漸漸消散。於是便期待下一個在家的好天氣，一個晴朗無雲，可以用棉被蒐集陽光，蒐集短暫幸福的好天氣。

從來沒想到棉被也有壽命。我原來納悶社區的冬怎麼愈來愈難熬，寒流來時，寒氣穿透棉被，我便戴手套穿毛襪睡覺，還是冷。這才意識到，棉被年限已盡，換成是母親，我相信她一定會填些棉絮到被裡，就像隔一兩年在睡扁的枕頭裡塞棉花一樣。我不是節儉，是無可救藥的懷舊，因此捨不得老棉被，便把睡袍罩在棉被上，這樣也混過了一年。

買了新棉被，生平第一床棉被便送給家裡兩隻貓享用。曾在這棉被上拍過照的貓咪特別喜歡這破被，我一廂情願的以為牠迷戀我留下的氣味。牠時而抱著被子猛踢，時而把頭埋在被裡，以為看不到我便意味著我也看不到牠，叫牠不應，還得意的擺動尾巴，跟我捉迷藏。為了不讓牠失望，我只好假裝找不到，一遍又一遍的叫小肥，對露在棉被外面肥碩的貓臀無法抑制的大笑。

我帶著第二床棉被搬來中壢。這裡的冬天沒有新店濕，可是風的勁道極猛。附近有家殯儀館，不上課的日子，常被譜上嗩吶的風聲喚醒，總是被迫倉皇脫離夢境。在黯淡的天色裡，死亡一下逼近，被喧嘩的樂音裝飾過也依然難掩淒冷。我把棉被裹得緊實，慶幸懷裡有一床睡暖的被可以依靠，冬日晚起變成理所當然。大學時養成的積習難改，不睡覺時也擁著被子賴在沙發，拿著遙控器無意識的逛過八十幾個有線電視台。這是窮極無聊時常做的事，最後是什麼都看過，而實際上什麼也沒看到，貪圖的是和棉被纏綿的懶時光。

只是那床棉被如今年老色衰，一端滿佈暗褐色的大斑小斑，很像老人斑，其實是被時間吮乾的血漬。乾冷的冬夜熟睡時，從脆弱的鼻子爬出來的血蛇在棉被、臉頰和脖子留下痕跡。乾涸在臉頰的，常讓對鏡的我倒抽一口氣。一張惺忪帶血的臉，出現在恐怖片裡就可以了。

從馬來西亞回來後我e-mail給小妹，告訴她冬天最開心的兩件事，一是曬太陽，另外一件，也跟陽光有關，就是曬棉被。她回信說那冬天有什麼好，馬來西亞天天都有曬得死人的毒太陽，高興什麼時候曬都可以，根本不必那麼苦情等太陽露臉。末了她說母親終於給她縫了一條碎布接的百衲被。九月時要一併帶去倫敦，想家時有個東西依靠，還可以用來拭淚。

讀到這裡我便笑了，畢竟是姐妹，在最細微之處，我們仍然相似。但也畢竟是老么，她從不放過撒嬌的機會。至於曬棉被和曬太陽的快樂，也許，要等她過完倫敦的冬天，方能深切的體會。

隱形

搬了那麼多次家，仍然留著那張隱形餐桌。所謂隱形，是指不必騰出一個叫飯廳的空間安頓它。繞完我的家，你可能覺得哪裡不對。哎，這房子，好像缺少什麼？通常一臉疑惑的人等不到答案出現，就該走了。留客吃飯？外面館子多的是，用不著我親自下廚。我只會煮幾鍋上不了檯面的湯，沒做飯的本事，也沒閒情。不開飯，那個答案就跟餐桌一起隱形。

我其實常常在家吃飯，有時從外面帶回便當，偶爾也做那種只能打發自己胃口的菜。不過，你絕對猜不出來我在哪個角落吃飯。我家沒有一個叫飯廳的地方。嚴格說來，也沒有餐桌。

那張被我稱為餐桌的摺疊式桌子，平時躲在儲藏室，就是那種農曆初二或十六時，商家用來拜拜的長方桌，一張只要三百塊錢。用了八年，一直沒丟，理由只有一個：不佔空間，隨時隱形，有種呼之則來，揮之則去的痛快——算算看使用餐桌的時間，午餐和晚餐加起來頂多一個小時。早餐嘛，我坐在那個竹製的小茶几旁，邊看電視邊吃。既然如此，根本無需分派一個叫飯廳的地方擺置它。喝湯吃麵時，如果可以席地而坐，就別勞駕它，省得要搬要收，麻煩。

此物的最大好處是，它分明存在，可就不佔地方。如果突然想拜拜，它本來就適任。偶然朋友不得不在家裡吃飯，它生鏽的腳架和廉價的桌面雖然不體面，但也可以變成名正言順的餐桌。總而言之，它沒個性沒脾氣的特性實在深得我心。慶幸上回搬家沒扔，否則我也會買回同款的桌。

可惜桌子太小，頂多可容四人。去年兩個妹妹來住，偶然有兩餐得在家裡解決，吃飯問題便浮出了檯面。筷子、碗盤怎麼看都是不可思議的少，一副別來我家吃飯的姿態。開飯時，搬出一張窘迫的桌子，往空的地方一擺。沒有餐巾，我扯出一疊用過的影印紙廣告單鋪著，省去擦桌子的工夫。從書房搬來讀書寫字的椅子，加上原來兩把也放在儲藏室的吃飯椅，才湊足了數。兩個妹妹很快的交換了眼神，很有靈犀的一起搖了搖頭，嘆口氣，露出不能接受的表情，不知我怎麼把吃飯皇帝大的家教給徹底瓦解了。

從小家裡小孩多，餐桌就是書桌。餐桌當然比書桌重要，因為書桌不能當餐桌使用。那麼厚重老實的長方形大桌，配上同色的椅子，是一般家庭的必然配備。常常晚下班的父親在桌子那頭吃飯，我在這頭寫功課。從這頭到那頭像隔山隔海，咀嚼聲咬齧著難堪的沉默。父親吃飯不自覺嘆氣。每嘆一聲都沉重的敲在我心裡。我猜他連搖頭都是不自覺的，我們一群只懂吃飯和唸書的小孩大概是罪源。

老三後來把地盤從客廳移到廚房，因為老二嫌她唸書像唸咒語，干擾思緒。我和老三在後頭寫功課，不太交談，卻喜歡交易零食。她唸下午班，總要到天色全黑才到家。我老託她帶零食，青春期嘴饞，對付沉重課業最好的方式是吃，打游擊式的吃法，但絕不是在餐桌上。

在餐桌上吃飯像受刑。十分鐘解決一個便當的功夫，就是家裡的老餐桌訓練出來的。吃飯的氣氛不愉悅的時候多，我總是快速吃完分內的那碗飯，逃命也似的逃離餐桌。直到現在，我仍然只把吃飯當一件事，無關感官的滿足和享樂，可見潛意識裡還是恪守家規。我常常端著飯菜，開了電視讓它自說自話，順手拿起報紙讀，就那樣坐在地上，把菜從熱吃到冷。

再也沒有餐桌能夠約束我得正經吃飯了。

以前吃飯不求有過——按照規矩順利吃完，就好像做完一件分內的事，只求快速離桌。不要掉筷子不可發呆，扒飯要捧碗，不可飛象過河夾別人面前的菜。吃完記得把骨頭掃進碗裡，搬動椅子最好像貓走過了無聲息。其實，這些瑣碎規矩不難，是吃飯的沉悶氣氛令我緊張。

我怕父親動不動的嘆氣和搖頭，連吃飯都緊鎖著眉。我總是把責任攬到身上，都是我們害父親活得這麼不痛快，這種罪惡感讓我想逃遂吃得更快。

另外一個吃飯的後遺症是胃痛。從中三開始，不算嚴重，只是一緊張胃會抽筋，現在變本加厲，換成胃潰瘍。算算真不值得，有種賠了夫人又折兵的懊惱。花了錢買吃的，最後還得用加倍的錢看醫生買藥，沒補到反而虧了。

上個月返家時，我詫異的發現，小妹對母親的菜有著無可救藥的依戀，「還是媽的菜對味」、「媽煮的湯天下無敵」，動不動她就下個「一流」的評語，在我，而非母親面前說，可見是真心真意。魚才上桌就被掐走了尾巴，用手。她毫無保留的衷心讚美和實際行動令我羞愧，我總是三扒兩扒就吞下飯菜，通常不辨滋味，把吃飯當成一件事，做完就算了。

小妹成長時，家裡早「解嚴」了，彼時我也早已離家。旁敲側擊問過，小妹對我提的各種問題，都一派輕鬆的答說「沒有啊」、「不知道」。跟我只差一歲的老二向來粗心大意，問了也白問，大概只有我對吃飯有那麼深的負面感受。餐桌禮儀已經式微，可是被綑綁過的靈魂就是那麼脆弱又固執，吃飯在我的生活裡成了比洗澡還次要。跟吃飯相關的產物，從餐具到餐桌，我向來漠然。漂亮的碗盤純粹欣賞，因為用不上，即使便宜到不買會有罪惡感，我也不肯浪費空間去擺置它們。

我家附近有間進口家具店，逛過一次，一張餐桌的價錢，可抵十年的便當。買了那張餐桌，得餓上三年才能消除奢侈的罪惡感。沙發也貴得匪夷所思，用我奶奶的話說，那是給金子打造的屁股坐的。用一張幾十萬的進口餐桌吃飯，餐餐得吃兩頭鮑才行。

在我看來，高價位換來的質感和設計是理所當然，用最少的錢變出特色和美感，才是可敬可貴的創意。經過重組與改裝，才有資格宣稱這東西是自己的。當然花了錢買來平平無奇的貴東西，那是暴發戶型的沒品味。所謂進口家具，跟名牌服飾一樣，同屬我無法理解的消費迷思。我聽過一個名牌的傳奇，姑隱其名：在第三世界以最廉價的成本製造，運回本廠貼上標籤，立刻丫鬟變小姐，身價百倍。老闆嘲弄的招認，幾百塊一個的皮包在他廠房，打上標籤，就變幾萬塊的名牌了。這個傳奇可以套用在所有名牌身上吧！買名牌的消費模式，一言以蔽之：有錢沒地方花。

那張隱形餐桌如今面臨丟或留的兩難。三百塊錢早已物盡其用，不，應該說物超所值甚多，但是我的新家仍然找不到餐桌的位置。七十四坪的空間不小，是我的心容不下它。我列出該買該丟的物品用具，空間規劃又規劃，住家附近的家具行走遍了，就剩下餐桌仍在尋覓中。其實我知道答案：就留著那張隱形餐桌，讓它成為元老好了。

無緣的餐桌。裝潢雜誌老是把飯廳拍得那麼夢幻，高級餐桌擺著精緻的餐具和花束，次光源來自天花板的嵌燈，主光源必然是懸在餐桌上方的那盞黃燈。一盞垂燈，暈出遠離現實的光線和浪漫氣氛。那是取悅讀者的鏡頭，切掉現實的聯結孤立出來的美感。

現實生活哪來多餘的閒情，為了一頓半小時不到的飯又是刀叉又是水晶杯，還鑲花邊的盤。除非請客，為了讓並不怎麼好吃的菜加分，或者讓好吃的菜更加好吃。氣氛這東西是許多高檔餐廳最會推銷的商品，抽象的感覺可能比實際的食物還貴。用來招待朋友賓客，氣氛應該也挺管用。如果因此能讓自己暫時逃離現實，當然也值得。好沙發的最大功德就是讓人發呆，如同好床招徠好夢一般，最終都是讓我們蓄足精力，好面對現實的消耗磨損。

很多人需要餐桌吧！電影電視都把餐桌拍成家人歡聚的焦點。食物和親情令人精神煥發，可是在台灣這麼多年，家庭式的相聚對我已經十分陌生。大學住宿舍，常常在書桌上吃便當；結婚後即使開伙，我奉行簡便的懶人原則——煮一鍋營養均衡的菜肉湯，要訣是分量多，有菜也有肉，一頓絕對吃不完，因此只好吃兩頓。捧著一只碗，不必桌子就可以吃飯。吃完只要洗簡單的碗筷，省事又省力。

擁有自己的書房和書桌後，不必在餐桌上寫功課，再不用擔心作業沾染油漬，第二天羞愧忐忑的去上課。在廚房讀書還有壞處，母親就在我背後煎魚炒菜，時而叫我拿醬料或幫忙洗洗切切，做了一半的功課只好丟下。現在除了睡覺，我幾乎都在書桌前杵著，很多時候是不知道要做什麼，並沒有認真讀書。除了茶，食物一律不准進書房，即使是零食。

這樣其實一點也沒有好處，沒有餐桌，表示我不注意飲食；太依賴書桌，我的頸椎因長期低頭而弧度不足，頸肌僵硬，影響氣血循環和睡眠品質。讀書時我坐得歪七扭八，坐沒坐相，又愛蹺腳，以致脊椎側彎骨盆腔傾斜，醫生命令我得睡硬床，要我長期抗戰一星期復健三次，否則會長骨刺。原來以為骨頭彎曲沒什麼大不了，一聽骨刺，著實嚇了一跳。

我把前因後果仔細一算，這些煩人的病痛最最起始，竟是肇始於餐桌。意念一轉，我拿起新房子的藍圖，低著頭，還是給餐桌找個合適的位置吧！

豹走

午睡醒來，下樓取信。隔著信箱玻璃，我看到那個壞消息。那封寫著英文名字的來函，消解了剛才難得的好夢。又是罰單。中山高二十九點四公里，我的那匹銀色馬兒，證據確鑿收押在照片裡，時速一百零四。

才一百零四！我大叫，那麼多次，就數這回超速最不值，三千塊的罰單至少得開一百二十。從照片的水平拍攝角度判斷，不是固定的攝影機。那麼，警察當時躲在哪裡？瞪著照片，我有點惱怒，恨警察也恨自己。那種早知如此便該如何的懊惱，一次又一次衝擊著我。是的，早知如此，該開一百四十，開到極限。橫豎要罰，好歹得讓「我們」——車子和我，過足了速度的癮才是。每回要上高速公路，我都先跟門口的菩薩打聲招呼，親愛的菩薩，我們上路了，可千萬別讓我破財呀！道高一尺，魔高一丈，在高速公路上，顯然警察比菩薩的法力大。

不記得是第幾次收罰單。只要一上高速公路，油門總要加到一百以上，我才覺得那是開車，也無法忍受一輛好車只走七八十，譬如在路上蝸行的BMW735，我總要投去同情的眼光，為這車子遇人不淑而感嘆。好馬沒有好騎師，那跟駑馬有何差異？我當然算不上好騎師，可是我能感受車子脫離市區蠕動不良的腸道後，亟需高速滑行的解放和愉悅。

兩個月前吧，我在北二高上，正一心二用的開車兼賞車。開車時最好的娛樂不是聽廣播，而是品評車子。車子，是城市和公路最好的風景。尤其在高速公路上，總會撞見令人讚嘆的車型，車燈、門把、顏色和線條，都令人無法轉移目光。路上遇見好車跟看到美女，皆有發生車禍和收到罰單的危險。當時我正專心的尾隨一輛保時捷，它在兩百公尺前方的車陣中穿梭，因此根本沒有發現其他車子在減速，當然也不知道後面的警笛聲衝著我們而來。其實我聽到那刺耳的噪音很久了，可是沒有意識到警察的目標是我。等到警察跑到前方大力揮旗，我才放慢速度，咦，他們要攔的人是我呢！警察的臉色不太友善，逼我相信自己確實違法了。接過罰單一看，國庫這回又增加了三千元的收入。

轉入國道二號，我努力維持九十左右的車速。恆速容易瞌睡，又沒有好車可以振奮精神，才不到五分鐘，眼皮開始變重。我的提神絕招全用上，包括咬下唇、擰自己的腿、丟一顆維他命C到嘴裡嚼著，忽然浮現那次車子停在拖吊場的孤單身影。

那是車子第一次被拖吊。不過吃個晚飯，十五分鐘吧，出來車子就不見了。我跳上一輛計程車，來到荒僻漆黑像墓地的拖吊場。心電感應似的，一眼就瞥見馬兒孤零零的身影，有種被遺棄的落寞，我忽然一陣鼻酸。輕輕的撕開貼在門上的封條，我拍拍它，好馬兒，我們回家了。我不發一語繳了拖吊費，惡狠狠的瞪過在場的收費員和工作人員。政府真是窮瘋了，黃線居然也拖吊。

我的Toyota Tercel 1.5剛滿三歲，扭力和馬力都不強，隔音設備也差，老聽到馬路傳來的壞心情和爛路況。可是它省油輕巧，倒適合市內行走。我視它為行走的房子，可移動的殼，到哪裡都揹著它。極少坐火車北上，我不想困守火車車廂，和一群陌生人吐納車廂的毒氣，那裡頭可能充斥感冒菌，到了夏天，哦！可怕的夏天，密閉的空間大家在交換渾濁的汗味，上車時的好精神這麼一攪和，下車時必然精氣盡失，昏昏欲睡。我喜歡跟著行走的房子在高速公路上奔馳，即使整晚沒睡，一坐上駕駛座，像大力水手吃了菠菜，精神立刻好轉。

記得三年前剛開車時，朋友問陳大為我的技術如何，為夫的露出無可奈何的微笑，許久才說，她開車很勇敢。

勇敢為開車第一守則。還沒考上駕照，我已經偷偷開著車子在淨水廠附近兜圈子。一到傍晚，我的開車癮就犯，最後開車變成開胃菜。我總是說，先兜兜風，把心裡的悶氣散一散才好吃飯呀！即使肚子發出咕嚕咕嚕的聲音，也假裝不餓，總之非得把我的馬兒牽到野外跑一跑不可。車子和房子一樣，需要長久相處才能彼此適應。我希望一拿到駕照就可上路。我渴望掌控速度。

這部車在一九九八年四月十六日到我家，一個史無前例的昂貴大玩具。從頭到尾打量一遍，摸摸它滑亮年輕的車身，心裡默默的說，好馬兒，我們至少得相處十年，你可要爭氣點。說時竟然有些感觸，如今回想，我仍不明白何以要一輛車「爭氣」，也不清楚感觸何來，可以肯定的是，我會把車開到不能再開為止。新車一落地，就要折價三分之一，我因此下定決心，既是消耗品，非得物盡其用不可。就像Sagem DC818手機一樣，據說連菲傭都不屑使用，我卻堅持非把它用壞不換。

雖然如此，走在路上時，慾望仍被撩撥得蠢蠢欲動，噯，那部金黃色的

Lexus如果是我的，該多好。這念頭愈頻繁，愈逼人真切感受到錢的好處。也就在這一刻，我會想起青春期那篇作文〈我的志願〉——我的志願是嫁一個有錢人，要什麼有什麼，可以飯來張口，茶來伸手。

本來想買一部越野車，四輪傳動，坐上去，可以俯瞰眾小轎車車頂，滿足高高在上的虛榮。我對越野車有莫名的安全感，不全然因為它的高度和乍看慓悍的外型，純粹是成長過程積累的成見。我們叫它吉普（Jeep），油棕園的英國老闆每次巡視莊園，都開這種車子，因為底盤硬，不怕崎嶇的丘陵地，耐用且維修簡單。輪子大而寬，抓地力好，越野如走平地。當然在平地行走，也如同越野，坐久了屁股顛得發疼。

其實，Jeep只是車子的廠牌，因為太有名了，成了越野車的代稱。「越野車」聽來嬉皮，倒很符合它的功能。有時我們也叫這款車Land Rover。後來才知道，Land Rover是另一廠牌的越野車，Jeep的競爭對手。油棕園的黃泥路晴天時一片霧濛濛，那是車子揚起的黃泥塵。機車騎士如果著白襯衫走一段，衣服便染成黃色。拍幾拍，塵土飛散後，再次露出白底。雨季則泥濘，到處小坑小洞，車子濺起與人同高的泥水。這樣原始的路讓機車行得閃閃躲躲，轎車走得扭扭捏捏，唯獨吉普高視闊步。

我記得那輛墨綠色吉普，來去像一陣風，引發莊園的騷動，撩撥我的想像。從吉普走下來的男人，不論是英國人印度人或是華人，通常都穿著T恤和卡其及膝短褲、短襪和球鞋，頭戴鴨舌帽，不同膚色的人在吉普前面，站成典型的殖民地畫面。吉普本來就屬於殖民地，以及戰爭。越戰電影裡必然有吉普，乾燥的黃泥地掀起不絕的塵埃。暴陽下，小麥色皮膚的越南女子，用哀絕的眼神目送美軍情人。

我遠遠的打量著園坵老闆和高級職員，盯著那輛被泥巴弄得很狼狽的吉普，覺得它不但帥氣，且充滿野性和生命力，掛在車尾的輪胎則像隻沉著的黑眼。吉普是主角，那幾個人只是陪襯。那時才唸國小的我想，長大後可以考慮嫁給這個英國老闆，為了這輛好看的車子。當然，如果老闆再年輕二十歲，再少皺點眉頭多些笑容那會更理想。

其實吉普本是農用車，它是「機械牛」，用來取代牛隻拉犁耕種。發展成軍備用途是第二次世界大戰和越戰時期。有一則關於吉普的傳說是這樣的：如果吉普突然熄火，只要用腳一踹，它就會乖乖再發動。實情如何不得而知，倒是住在南馬的離島上，跟著一對年輕夫妻入山時，領教過它的能耐。

那段上坡路簡直快把骨頭顛散了，我抓緊車把，一路擔心吉普的安危。沒想到它可真耐操，果然是歷經過戰爭的慓悍車子，非嬌貴的轎車可比。乾燥的熱風一陣陣撲進車窗，回程我竟然在顛簸裡入睡，好像睡在一個粗獷原始，卻很安全的懷抱裡，依稀在醒睡之間聽到新婚夫妻的親暱對話，斷斷續續。

多年後在泰馬邊境，吉普穿梭在迷宮一樣的甘蔗田。那是糖王郭鶴年的產業，蔗糖的焦香薰得人微醉，無盡的蔗林卻單調乏味，平坦的蔗林小徑讓那輛老吉普走得闌珊。吉普大概渴望冒險，喜歡挑戰，雖然老了，依然有股迷人的野性和豪邁。它讓我想起年老的史恩・康納萊，歲月在他臉上留下智慧和風霜的刻痕，增添了年輕時沒有的深刻魅力。

可別指望吉普給你溫柔舒適的坐墊，也別用高級房車的寧靜無噪音來要求它，屬於原野和山林的吉普，有股不卑不亢的傲氣，它只能給你雜音和頓挫。駕馭吉普大概是很過癮的事吧！給它一條崎嶇的路，就能激發它的爆發力和毅力。果然，一爬上蔗園的果樹種植區，吉普立刻精神抖擻把我們送上山，在沒有路的地方走出路。可是我必須承認，吉普比較喜歡豐厚的臀部。

但我終究買了一部日系車款，和缺乏豐厚的臀全然無關，純粹因為吉普的個性和城市格格不入。曾經據理力爭，起先還講理，譬如這車子高，碰撞絕對不會吃虧；台灣的馬路和山路所差無幾，坑坑洞洞的老是挖了又補，補了又挖，特需要這車子。這車外表比較強悍，圖謀不軌的人不會先找大車下手。愈編理由愈薄弱，最後乾脆耍賴：不管，反正我就是喜歡這車。

喜歡可以成為購買的唯一理由嗎?答案是否定的。獵豹需要山林，而非鋼筋水泥構築的都市。至於集吉普和轎車優點而成的休旅車，一點也無法勾引我的興趣。對我而言，它什麼也不是，笨拙、耗油、外型不倫不類，一點個性也沒有，在高速公路上，是屬於那種我絕對不多看一眼的車。

既然買不成吉普，喜歡的Jaguar又買不起，那麼買車就沒我的事了。當時還沒駕照的我這麼想。可以肯定的是，即使有千億財產，我也不會買賓士這種暴發戶型的車款。不管它是賓士五百或六百，我固執的認為，那是遠企停車場的「註冊車」。

這純粹是偏見，一如我對Jaguar的偏愛。老Jaguar有一種不妥協的沉穩氣質，線條剛勁，神色冷峻。它的氣質像個獨特沉靜的老紳士，冷眼看盡世事幻化，依然還是那副處變不驚的神色。車頭那隻豹子宣示它矯健的身手，讓我想起園坵的游泳教練。年近六十的教練，有一副因長期游泳而訓練出來的好體魄，一頭銀白的髮，身上一股淡古龍水味是他的註冊商標。他講流利的英語，簡單的華語，只要他低沉的聲音在，即使不下水，也令人覺得很平安。在水裡，他矯捷一如陸地的豹，車中的Jaguar。

那次，車子送去定期保養，業務員朋友把他新換的BMW留給我們。他前腳剛離家門，我立刻就到地下室去看那輛寶馬。啊，好車即使不動，也會散發高華的光澤。我不免覺得洩氣，我的銀馬雖然保養得當一如新購，可是被眼前這部寶藍色好馬一比，立刻失色。旁邊那輛還算體面的Cefiro 3.0，突然變得平凡。坐進車子拍拍座椅，轉動一下方向盤，我忍不住想即刻開上高速公路。

就開過那麼一次寶馬，我自此明白，何謂「曾經滄海難為水」。我不禁想用「漂亮美妙」來形容引擎聲。油門輕輕一踩，就有瞬間加速的快感，和寧靜無噪音的飛馳。開著寶馬我便開始想像，那Jaguar 開起來豈不是無懈可擊？想像乘著一匹豹疾走吧！握著方向盤盯著車蓋上的豹子，你如何能夠按捺快速奔馳的慾望？保養回來後的銀色馬兒一定不明白，主人為何對它挑剔起來。

小時候，父執輩一提起日系車，一定會加上那句老話：用拳頭一敲就凹個洞。今時不同往日，日系車以體貼著稱，當然不比雙B硬，但絕不至於如此柔弱，至少我的馬兒可以作證。然而父親再不管我們開什麼車子，他比較在意女兒如何開車。

家裡七個小孩都開車，父親獨沒坐過我的車。他一說老二開車最兇，小妹立刻回嘴，爸你坐過大姐的車就會改口。我白她一眼，去年付了機票錢讓她來玩，一點都不懂感恩。老二到底比較會做人，微微笑既不贊成也不反對。老二的飛車本事我領教過，從吉隆坡南下老家，開老五的Proton Saga，載著老五和我，一百四十的時速，兩個半小時。母親一見我們三個嚇一跳，不是才打電話說要回家嗎？怎麼就到了？換成是開車溫吞的老三老四，三個半小時都還在路上。

一次老三開車，尾隨的車子開大燈跟著，她竟當沒事一樣。我和老二都火了，不嫌刺眼嗎？開慢一點讓它超，再以牙還牙，沿路開大燈回敬它。老三轉過臉跟剛學話的小外甥說，看看你的阿姨們，嘖！嘖！記得千萬別得罪她們。彼時母親不在車上，不然意見更多。母親跟我都不是好乘客，老愛指揮別人開車。婆婆則跟我一樣，對於不守交通規則、不打方向燈、慢條斯理的車，唾棄之，辱罵之。只要前面的車子犯了前述任何一條，她必然鐵口直斷，一定是女人開車。開車時，她大概把自己當男人，而且有嚴重的性別歧視。那時我還沒嫁，當下牢記婆婆的教誨：開車絕對要果斷。

然而果斷不保證沒事，特別是在黃燈轉紅之際。那次車禍，我反省再三，問題就出在果斷，其次，是我太遵守交通規矩——黃燈轉紅，我踩了剎車。車子尚未停，砰！一聲巨響，連人帶車往前衝了三個車位，等我發現車子停在人行天橋下，才遲鈍的意識到，喔，我被撞了。

那天早上正準備去監考，六月上旬的陽光很亮。被撞了我只好下車。車子的保險桿整個凹陷，還來不及心痛，一抬頭，被一個滿嘴鮮血的女人嚇一跳。可怕的是，她竟然還露出滿嘴帶血的牙一直跟我賠不是，口齒不清的說她兒子開修車廠，我可以去那裡修，免費的，保證修到好。說話的時候血蛇正爬過她的下巴和衣襟，很快的就蜿蜒到路上。她這番話令人想到「撞人免費」，我簡直哭笑不得。這是什麼思考邏輯呀？難道因為兒子修車，就可以隨便撞人？她的那輛白色喜美車頭像只被踩扁的爛罐頭，水箱在冒煙，好像隨時有爆炸的危險。

這個歐巴桑拿著手機猛打電話，警察還沒到，她的兒子女兒女婿都來了，全家在馬路中央大團圓。她駕照才領了不到一個星期，喜美都還沒過戶。等警察拍照做完筆錄，歐巴桑仍是叨唸著那句老話，去我兒子那裡修，免費的，保證修到好。全家都在幫腔，她女兒怪我還沒紅燈停什麼車。我懶得搭理他們，留了業務員朋友的電話。我的業務員會跟你們接洽，有事請找他。

從此我對喜美敬而遠之。扁而低的中古喜美因為輕巧，重心低，十之八九都經過改裝，是飆車族的最愛。突如其來發出加油巨響，從身邊呼嘯而過嚇人一跳的，通常都是喜美，只要前後左右出現這種車款，我一定躲得遠遠的。我敬畏它們。

天下車子一大抄。市面上的車子總是你中有我，我中有你，老早就抄得沒什麼風格和特色。六月尾匆忙回家探望病重的爺爺，發現馬來西亞那款新的國產車Proton Wira好眼熟，車頭那略圓的三角形不是Alfa Romeo的正字標記？

有一次在新加坡的Newton Circle吃過飯，為了加速胃裡過量的火辣海鮮消化，決定散步回旅館。走過燈火通明的醫院、單調的公園、印度紗麗店、領事館和學校，走過一排又一排商店，以及英殖民地時代的建築，漸漸的從黃昏走進夜幕，汗水滴到眼裡，擦去之後，復又掉落。

遠遠的，我就望見那排Jaguar，四隻線條利索剛毅的豹子在昏暗的燈光下傲立。修辭這時出現了窘態，老Jaguar這麼一停，什麼氣派之類的形容詞都使不上力。我在籬笆外站了很久，汗如雨下。這一回倒是出奇的平靜，沒有浮現「有錢真好」的念頭或佔有慾。就那麼站著，靜靜的觀望，聽到草叢裡蟲鳴如雨。

翻開家裡兩年前的汽車雜誌，正好看到那款叫S-Type的Jaguar。線條圓潤古典，二大二小的車前燈設計走在潮流的前端。雜誌上說，這車的尾燈在時下所有的車款裡，是最有看頭的，即使跟在車子後面，也是一種享受。可是，正字標記的豹子不見了。正在打促銷廣告的最新款Jaguar亦然，我盯著電視，不禁悵然有所失。放下雜誌，關了電視，回想起那四隻傲立的獵豹，在盛暑的汗水中。

空中花園

似乎成了儀式，往年春節，我必然買一盆水仙祭年。等年走遠，水仙花凋萎，黑褐色的球莖便成了時間的殘渣，扔到垃圾桶。今年多次在大賣場和園藝店看到水仙，卻猶豫再三，腦海老是浮現那幾團乾癟的枯根，終究決定不買了。

去年的水仙花一謝，我修掉枯葉，留下球莖，仔細用報紙包好，放進塑膠袋，慎重的置入冰箱底層，像收藏一個美麗的秘密。打開冰箱，便浮現美好的想像：明年此時，水仙會從長長的冬眠醒來，再度發芽，開花。雖然我討厭睡美人這沙豬童話，但是冰箱裡冬眠的水仙，可真是睡美人的植物版。朋友說，我送她的風信子因為如此，連開兩年。聽說我以前把球莖扔掉，年年再買，她發出誇張的惋嘆，好像我有多麼無知，糟蹋許多可貴的生命。當下我暗暗立誓，明年此時，必然讓再開的水仙一洗恥辱。

而我雪恥不成。

初冬下午，陽光暖亮，好陽光令人不安，我這標準的「天氣動物」老毛病又犯了。天氣太好，應該做些特別的事，否則對不起老天的賞賜。「天氣動物」是我杜撰的名詞，專門指涉冬天一到，像我這種每晚準時收看氣象，深怕少穿又擔心陰雨寒流的懼冷症人類。

冬天實在是個壞季節。只要當晚的氣象預測明日陰有雨，心情先就沉重起來。睜眼那刻不見陽光，便賴床賴到實在賴不下去，才慢吞吞掀被，下床，穿襪穿鞋，披上厚袍。這一連串慢動作結束了，還倚在窗邊發呆。濕冷的天氣根本糟蹋假日，我寧願上課。為什麼沒有一種陰雨天上課，艷陽天放假的「天氣學校」，可以專門收容我這種「天氣動物」？

話說回頭，天氣有什麼好在意？杞人憂天而已，而我是不折不扣的晴喜雨憂。偏偏台灣的冬恆常陰多於晴，遂益發顯得陽光珍貴。陽光一露臉，心情大好，跳下床，來不及漱洗，半跑上四樓拉開落地窗簾，到露台上跟後面嗷嗷鬼叫的豬們大喊一聲惺忪的早，回應我的，是農舍那隻肺活量龐沛的大黑狗。好天氣令人一整天精神抖擻，我在房子裡跑上跑下瞎忙，一層一層開窗拉簾，讓房子潑進陽光，儲滿能量。被單床罩丟進洗衣機，在熱鬧的鳥鳴聲中給植物澆水施肥剪葉拔野草，直到陽光西斜，房子漸黯，我才不得不收工。

就是這麼一個尋常的冬日，提醒我冷藏了一年的水仙球。

夏天搬家時，裹著重重報紙的水仙球像垃圾，我把它們跟蓮子紅棗和醬料瓶子擺在大籃子裡，免得一不小心清理掉。儘管處在搬家的無序狀態，可沒忘記那個恥辱。不是愛記仇，只是這仇偏結在植物上，令我大不悅。說做菜沒天分，這我認了。反正沒興趣又討厭油煙，即使有潛力，也絕對發揮不出天分。可是植物，哎！我念念不忘國小二年級時獨力經營的鳳仙花叢，那片壯碩健美的花海，被小伙伴們形容為「肥得嚇人」。這樣的形容詞雖然不雅，卻直接而簡單的點出花色的震撼，也是童言童語中至高的禮讚。小孩子不都把很不得了的事形容為「╳╳死了」或「╳╳嚇人」嗎？肥得嚇人，這四個字在我心中無限膨脹，終於烙下「我有種花天分」的印象。

先不管這印象真假，反正我認定那是事實，就是真的。如今想來，那事委實不可思議。至少，我無法想像隔鄰那個八歲的小女生荷鋤種花。這個被我稱為牛魔王的搗蛋鬼，沒有辣手摧花可是天大的奇蹟。那麼，鋤地種花的我究竟在想什麼？真是一個猜不透的謎呀！只能說小時候沒玩具，玩伴也不多，找樂子找上那片長滿野草的地吧！總而言之，鳳仙花種下我的虛榮，被朋友取笑的時候，我的腦海竟開出一片艷麗的鳳仙花海。

當我層層剝開報紙剝近期待，萬萬沒想到，出現的竟是水仙球莖枯薄如紙的乾屍。我不甘心，反覆捏弄，直見枯槁的核心，只好承認，睡美人的童話失靈，長眠的水仙再也醒不來了。

園藝店老闆聽完我顛三倒四的抱怨，笑個不停。冰箱那麼乾燥，放一年，哪還能活呀！應該下種之前一個月才冷凍。然而，「我有種花天分」的大夢可沒醒。只不過再認清了一點，天分，是需要經驗和知識積累的。看看陽台上那些開得熱鬧的玫瑰花，誰會相信我大學時，曾當過植物殺手？

那幢灰頭土臉的女一舍，寢室光線跟宿舍外觀一樣灰黯，一如當年沉悶的校風。適應住宿生活耗時費力，陰冷的冬天尤其難過，老覺得缺氧，簡直快到發黴，活不下去的地步了。大學四年沒留下郊遊和烤肉的照片，大學生該有的朝氣生活離我很遠，因為我習慣遠距離看人，對什麼事都不帶勁。

就是從那時候起，我開始給自己買盆栽。先是黃金葛，據說那是最好養的植物，只要澆水，它就能活。可憐的黃金葛，跟我一樣不適應宿舍生活，油亮的葉片先是變軟，繼而發黃，然後是熟悉的掉落，萎爛。周而復始，到底死了多少盆，連我也數不清楚。再來是常春藤。我喜歡它活潑多姿，儀態萬千的的爬藤，像印度女人擺手扭腰跳起舞。可是，美人薄命，死亡排行榜上，它是第一。想不透自己為何那麼固執，一再考驗彼此的緣分。每次我都奢望它會活，可是它每次都毅然死去。

終於，它以最醜陋邪惡的死法終結我的自以為是。先是一點一點，像蜘蛛吐絲。白絲在藤蔓間穿梭，交織成一張網。網愈來愈密，綠色的葉子便逐漸乾黃，彷彿精華被蜘蛛精吸盡。我覺得噁心又好奇，抱著看戲的心態等到最後。慢慢的，網把植物綑成一團，好像一顆詭異的棉花糖，散發奇怪滑膩的死亡氣味。看起來植物是被勒死的，而且是極其殘忍的慢性死亡。不潔的死法令人心裡發毛，像黑寡婦的惡靈附身。我始終想不通，絲從哪裡來？究竟那盆常春藤是他殺抑或自殺？再也不敢養這種瘋狂的植物，在園藝店純止於觀賞就好了。

不買盆栽之後，我依然常在園藝店和花店流連。有根的植物養不活，那麼，就買兩朵玫瑰花吧！從大二開始，我的桌子總有玫瑰站崗。每次兩枝，紅或橘色，偶爾會有鑲著紅邊的香水玫瑰。有那麼兩朵生氣盎然的玫瑰立在一角，冬天似乎不那麼惹人厭了。每天就著那香氣讀書，覺得自己彷彿還是活著的。不看書，就對著玫瑰做夢：假如有一塊地，該蓋什麼式樣的房子，養哪些花草，想著想著，就動手在紙上畫起設計圖。我在草圖裡實現過童年的渴望，譬如結滿果子的柳橙樹，一叢甘蔗，一方地瓜田，還有繁花垂地的九重葛，末了，再收留幾隻流浪貓流浪狗，這樣，日子就可以長長久久過下去了。

這樣的夢做了十幾年，草圖反覆修改再修改。到後來根本無需畫圖，失眠的暗夜裡，我在腦海蓋起一棟華美的海市蜃樓，疊床架屋，修整房舍，考慮得最詳細的是庭院。從草地到盆栽的分佈，樹的位置和種類，大樹該有鳥窩蕨和鹿角蕨，以及野生蘭花，乃至籬笆多高，魚池多大，養什麼魚，全都構思完畢，標準的癡人說夢。這些夢有跡可循，大抵是過往生活的重組和現實生活的修正。

野地玩大的小孩，大概對花草泥土都像親人般有情感。陽台上的盆栽如果出現意外的訪客，譬如龍葵、野苦瓜藤或者幸運草，總是放任它們寄居。來者是客，我甚至移植新盆，施肥澆水一律平等，野草花和買來的盆栽在我心中沒有輕重之別。

去年夏天搬進這幢房子，令我幾乎生出「弄假成真」的錯覺。不必再當公寓樓層中那塊可憐的夾心餅。睡覺時不會有人在樓上拉桌子推椅子，甚至穿高跟鞋弄出莫名其妙的雜音。終於，遠離深夜救護車或警車令人焦慮的鳴聲。雖然沒有大庭院，這房子大大小小的陽台，加上前院的一方土地，足夠我每晚微笑入夢。開門就有草地，登樓遠望則是大片稻田綠浪，現實和夢想重疊的時候，原來也會失眠。白天把附近的園藝店逛了一遍又一遍，晚上則把我的未來花園想上幾千幾百回。彼時正是仲夏，總是很晚入睡很早在群鳥的歌聲中醒來，約莫六點吧，沐著晨光看著竹林輕舞，白鷺鷥穿越微霧的金黃陽光，竟產生暈眩的幸福感覺。

一心要買九重葛，記憶裡它曾火辣辣的燒紅許多赤道的庭院，久旱不雨仍不減花色，那分強悍與倔強深得我心。然而這麼平凡居家的植物，到了園藝店竟叫價三千，對著那盆過腰的九重葛，只好苦笑。這盆植物擺在赤道，大概沒有人會多看一眼，比它出色的夾道皆是，在老家隨便挖一棵都比它亮眼。倒是角落那盆金合歡毛茸茸的紅花逗趣，葉繁花茂，如傘開張。那花似曾相識，就像放大許多的含羞草，只不過含羞草花粉紅，合歡偏酒紅而花形更張揚，一聽店員說這花也叫「粉撲」，當下決定捨九重葛。「金合歡」大概是男人的命名，而「粉撲」則是女人的想像，怎麼男女都對此花存有綺想？

露台有這麼一棵花樹，立即氣勢不凡。它跟我一樣極愛喝水，稍一乾渴，即有黃葉。女人是水做的，難道這花也是女花？粉撲的開和落一樣迅速，開開落落的令人心慌，一眨眼那花開，再眨眼，花又謝了。趁它最美的時候趕快拍照存證，照片洗出來鬆了一口氣，好像如此那美好就變成永恆了。原來太美的事物會給人壓迫，不像那三棵黃椰子，觀葉植物獨有的氣定神閒。露台風大，我撿來建商遺棄的石頭，壓住盆子。四樓上上下下不知爬了多少回，停下來時雙腿竟發抖。

再種了兩盆紫薇，鋪好一樓的草皮，幾場雨後，忽然，天氣就入秋了。入秋之後露台高處不勝寒，澆水時冷風一吹，八分睡意吹走七分。由此推想冬日澆水的冷滋味，鼻子先就癢癢的忍不住打起噴嚏來。聳聳肩，無所謂，四樓就讓幾盆大植物暫時充充場面。也許，哪天手頭寬裕，蓋個玻璃花房，不必憂心風雨陰晴，放把搖椅，可以就著天光看書。累了，伸個懶腰，泡壺茶，給花施肥剪葉。光想那閒逸，心情就飄得老遠收也收不回來了。眼前，還是好好打理三樓書房的小陽台吧！

花花草草大多棲身三樓，從舊家搬來的武竹要垂到二樓當綠簾了，連麻雀和白頭翁都來棲息。這才發現雀鳥竟可舞動攀藤，牠們體態如此輕盈，攀藤也超乎想像的強韌。本來打定主意不種嬌滴滴的玫瑰，容易長蟲又怕驕陽強風，我可不想把植物活活種死。然而玫瑰曾陪我度過許多灰暗的日子，何況，陽光下綻放的玫瑰，多麼色迷心竅。

那麼，先試種三盆薔薇吧！我謹記老闆娘這花重肥的教導，施肥澆水一段日子，小小一盆竟開了十五朵。花重枝葉垂，它們挺好養。花謝了剪枝，很快便又冒新芽。這點小成績讓我虛榮的把什麼死活問題全拋在腦後，只要陽光明媚，就往園藝店跑，每次攜回一兩盆，漸漸的三樓陽台竟擁擠起來。因為玫瑰，著實體會了什麼叫「驚艷」。這形容俗濫且文藝腔，其實當時我說的是「被玫瑰嚇到」。前晚睡不著時，我起來給玫瑰剪枝，已經深夜一點，枝頭上掛著的，分明是拇指小的花苞，隔天竟然變出茶碗大的玫瑰。當時一陣寒風吹面，我縮了縮脖子，心想這白花若盛上一碗紅豆湯，色澤香味應該都是絕配。

其實花謝了，散落一地還得清理，並不太符合經濟效益。可惜了落花，該在絕美時採下泡茶，省得花錢買玫瑰花茶。每次有人砸大錢買玫瑰花束，我都很不識趣的潑冷水，送個玫瑰盆栽實際多了，划算而有創意，情人節過了花還活著。送花的人鐵定不知道大束玫瑰凋萎時，那股令人作嘔的氣味吧！我拒絕昂貴的情人節玫瑰，倒是曾經擁有兩百朵以上的波斯菊。只不過，都是從一個盆子裡長出來的。送花的人遞來盆花時，還得意的露出「我最懂妳」的笑容，說，這花好，又多又便宜！

這麼一想，我又開始修正玻璃花房之夢。露台該弄個香草花園比較實際，把薄荷、迷迭香、薰衣草和九層塔等好聞的香草全種上，連同辣椒、蔥、蒜之屬我偏愛的刺激性食物，再從馬來西亞偷渡來幾棵香茅、藍薑和咖哩葉樹，以及帶著鄉愁滋味的酸柑。說不定，種花天分之外，「做菜天分」將會在這個香草花園發芽。

蟲幻

入夏之後，我幾乎禁足後陽台。自從兩盆茂密的薄荷被毛蟲吃光，剩下貓廁和洗衣機的陽台就失去吸引力。除了把換洗衣服扔進洗衣機，或是給貓倒水加貓餅不得不到那裡，我連洗好的衣服都懶得掛。反正家裡就兩個人，一個不做，另外一個必得接手。隨著溫度攀升的，是夏季憂鬱。陽光愈亮，我的心愈暗，像個拒絕亮光的暗房，做什麼都提不起勁。對甜點失去興趣，開始昏睡發呆，清醒時腦子停不下來，毛蟲、飛蛾、蜘蛛和蚊子、蟑螂頻密出沒，我便知道，憂鬱的藍色夏季，又來了。

今夏必有大事。上百條毛蟲已經警告過我。

記得那天起床後給薄荷澆過水，我竟然脫口稱讚，啊，你們長得真是鮮美。說完意識到可笑，暗罵自己神經，妳哪根筋不對了?臨出門一如往常摘了幾片薄荷葉帶去學校泡茶，和聰明的牛羊一樣，我只取嫩葉。那時候一切都很正常吧，我確定沒有瞄到毛蟲的蹤影。

那麼，我離開後的那個下午發生了什麼事？誰在薄荷叢林下了蠱？晚上到後陽台收衣服，迎接我的，赫然是光禿禿的薄荷以及四處蠕動的毛蟲，我當場倒退了幾步，呆了幾秒才發出高分貝的尖叫，啊！

如今回想，那場面委實魔幻寫實。印象中，毛蟲屬於「慢」行動物，爬行速度遲緩，生長速度也慢，跟蚊子蟑螂等快行動物很不一樣。也許那是孩童時期殘留的錯覺，對於不耐等待的小孩而言，大概沒什麼東西算是快的吧！可是毛蟲只用了一個下午，就完成繁殖和成長，而且把我辛苦培植兩年的薄荷瞬間吃光。那驚人的生長和囓咬速度，除了魔幻寫實，實在找不到更好的解釋。

好像突然掉入馬奎斯的小說裡。

這分明是都市，高速公路旁的鋼筋大樓，不是鄉村，更非神秘的雨林。那麼，這場景是在哪裡？我無法相信眼睛所見。崩壞怎麼如此迅速？完全沒有預兆，還來不及準備，就被一百隻蠕蠕攀行花盆、窗架、磚瓦的毛蟲嚇得神志出竅，剩下一具空殼面對現實。

殘敗的枝枝節節，荒蕪空洞的陽台，那場面令人聯想起斷壁殘垣，同屬完整世界的頹壞。小時候對付毛蟲用火燒，擦枝火柴，點燃捲實的報紙，活炙毛蟲。在台北多年，早已淡忘自己的殘酷本性。這次大概驚懼過度，加上憤怒，只用了一個多小時，一百多隻毛蟲便成焦屍。我訝異於自己情緒轉換的迅速，冷靜且冷血，以及瞬間爆發的暴虐能量。事後對著遍佈的蜷曲蟲屍，以及瀰漫的微焦氣味，我問自己，妳在做什麼?

燒死毛蟲幾乎是本能反應，碰到毛蟲皮膚會過敏，所以牠們就得死。至於那是飛蛾或是蝴蝶的幼蟲，無暇細想，可是我得承認，殺死毛蟲無濟於薄荷的再生。我害怕有卵殘存，把薄荷連土帶根拔起，全都扔到垃圾堆。如今我的心和陽台以及清掉的花盆一樣空洞，剩下殘留的微弱殺戮快感，以及更加微弱的，說不出來是罪惡或是嫌棄自己的不快。

那些毛蟲，跟我一樣喜歡薄荷的味道吧！沁涼的薄荷和茶葉一起沖泡，加點冰糖，即使不冷藏，也是最美好的夏天飲料。薄荷的清香適合喚醒被夏天烤昏的靈魂。空蕩的陽台令人失落，因為害怕再面對上百隻毛蟲，也不願再發動一次大屠殺，我不敢再種薄荷。陽台光線充足，薄荷茂密得連枝葉都垂到牆腳。除了混土時添加過一次古早肥，平時薄荷只喝清水，所以味道才那麼純粹清涼，也因此特別具有生命力吧！可是，薄荷翠玉透明的綠到了毛蟲身上，怎麼顯得如此渾濁可厭？毛蟲是因為轉化了薄荷的能量，才擁有不可思議的成長速度嗎？

薄荷死了，毛蟲也都死了，可是牠們死時的痛苦掙扎還留在腦海。我給其他盆栽澆水時，總會仔細觀察有沒有蠕動的身影。家裡和研究室最近開始駐進一種迷你飛蛾，很小，只有尾指指甲那麼大，不細看以為是吃太飽、飛行速度緩慢的大蚊子，我用電蚊拍打死了幾隻。學會辨別之後，我也懶得打牠們，反正不礙眼，乾脆讓牠們成為牆壁的小掛飾。

壁上的小掛飾近日又來了不速之客，那是長一公分左右的繭。起初用衛生紙使力一擦，立刻把那些灰溜溜的噁心東西捏成小雲吞扔進垃圾桶，連看也不想看。可是這些怪東西老陰魂不散，滅了又生，以不急不緩的速度繁殖著，隔一兩天，各個角落總有新繭，像從牆上長出來似的。有一次詫異的發現，這東西會挪動哩！湊近細看，竟是迷你飛蛾的嬰兒。

我吃了一驚，不免懷疑牠們跟毛蟲的關係。牠們不像毛蟲猙獰，小小的倒也不討厭，只是當研究室開始出現這些飛蛾時，卻令人心裡發毛。我斷定必與毛蟲有關。向來對昆蟲沒有好感，一見就撲殺是從小養成的習慣，只是上回的毛蟲大屠殺太慘烈，想起總有不悅的陰霾，像是晴空突然飄來一片烏雲。研究室發現飛蛾的蹤跡，總令我納悶。難道有卵躲在背包偷跟我到學校？這樣一想，我立刻把大布包丟進洗衣機。無所不在的飛蛾令人不舒服，好像讓什麼陰謀算計著，跟城市不搭軋的昆蟲湧到城市裡，有什麼預警嗎？為什麼牠們不回去鄉下或叢林？

夏天光線洶湧，從每一寸縫隙，每一個角落鑽進來。我討厭這種被盯梢的感覺，一起床就把書房的落地窗簾密實拉上。芒種剛過，夏至未臨，樹的綠和天的藍已被太陽燃燒成會燙人的顏色。那天下午我在客廳讀一本裝潢雜誌，忽然聽到今夏第一聲蟬鳴，之後數日未聞，不禁有些惘然。那蟬該不是被人類捉走了？心裡慢慢沉積一些情緒，竟與火燒毛蟲的不快相似。

我記得生命裡的第一隻蟬，是祖父從柴房裡捉來的，薄薄的翼和特大的嗓門，祖父用拇指和食指夾住，剪了條棉線把牠繫在柴房的矮門。牠用力往空中飛去，掙扎一陣叫一陣，發出緊急的求救。垂死的徒然掙扎啊，我很快就走開，留下一群圍觀的鄰家小孩，沒有追究牠的下場。

牠必然鳴叫掙扎至死。

蟬鳴不久，我夢見祖父。他躺在床上，身體萎縮得厲害，問我，是不是七月要回來？我極為惶恐，清楚的應答，一定回。毛蟲出現是四月，家裡陸續傳來祖父的病情，接著是那聲落單的蟬鳴。六月上旬的夢裡，有五位女子欲攔他返唐山，還好清楚聽到他一口回絕。

我的夏日憂鬱日漸濃重。家裡的飛蛾愈來愈多，表面上不得不與牠們共處，心裡卻期待搬家，從現實竄逃的意念從來沒有如此強烈。我把這些奇異的現象理解為暗示。可是，那曖昧的暗示又是什麼？一種被盯梢的束縛像無所不在的夏季陽光，令人焦躁不安。那一連串的暗示行列裡，包括那隻令我毛骨悚然的特大號蜘蛛。

想起牠爬行的樣子，我仍忍不住顫慄，從頭皮開始一陣一陣發麻。在牆角結網的小蜘蛛，我倒是巴望牠們幫我消滅擾人安眠的蚊子。可是那隻在天花板橫行的怪物有巴掌大，隨時都要撲下的樣子，我連厭憎都不敢，只有懼怕。

牠被掃把掃下再擊斃時，我躲在書房大叫，趕快清理掉連掃把也扔了。牠跌落的那塊瓷磚一連幾天我都不敢踩。這隻黑色的大蜘蛛令人覺得邪惡，即便死了，不死的黑色陰影仍在天花板兀自爬著。不像蟑螂，僅僅是猥瑣。猥瑣只是乞人憎，這樣反而好，我見了二話不說就打。

毛蟲的龐大陰影躲在夏日陽光照不到的角落。落單的蟬鳴令我掛心，那些逐漸增加的飛蛾變得格外擾人，還好慣常出沒的蟑螂不必落入象徵和隱喻，否則真會逼人瘋狂。蟑螂這鬼祟的傢伙雖然令人憎恨，牠如常出現，倒是令人安心。每間住了一年以上的房子，都會有這號地球的元老級生物，我相信歷經大滅絕的蟑螂一定比人類長壽。

那天到相熟的家具店聊天，剛從員工變成老闆娘的年輕小姐說，家具一定得挑有腳架的，否則蟑螂躲進去打不到，會整晚睡不著。我發現女人特別厭惡蟑螂，還在馬來西亞時，蟑螂一現身，我就知道災難來了。母親會翻箱倒櫃打蟑螂，即使把家翻過來也在所不惜，總之，蟑螂非死不可。以前到台大女一舍避暑，室友們一旦發現蟑螂，又是尖叫又是捲報紙，一人打，四五個人高聲吶喊，比看NBA還激動。別的寢室也好不到哪裡，齊聲尖叫時，大概就是上演蟑螂追殺令。不知道牠們為什麼和女人結下樑子，千惹萬惹，千萬別惹女人。我相信吃蟑螂乾屍治哮喘的民間偏方，也一定是女人的好主意。想想那些橫屍的毛蟲，蟲蟲們該對女人提高警惕了。

港劇《男親女愛》的編劇令我十分好奇。他真是個怪人哪，竟讓劇中的男主角余樂天養蟑螂當寵物。這隻叫小強的蟑螂還和主人彼此兄弟相稱，余樂天不時跟牠傾訴心事，彷彿牠還真聽得懂，簡直匪夷所思。

我腦海浮現的畫面是：編劇他家的廚房、衣櫃、書架、書桌，甚至身上，處處憩著蟑螂，或坐或臥，甚至像我的貓那樣袒胸露腹而眠。《艾莉的異想世界》裡那人養了一隻青蛙，已經挑戰我的極限。養蟑螂？天哪，這世界，究竟怎麼了？蟑螂未出現，我早已備妥「蟑螂棒」，委實沒有辦法體會把蟑螂當朋友兄弟的崇高境界。只要天氣變熱，我們家裡一定捲好貼穩一堆結實的報紙，名為「蟑螂棒」，專門對付出沒的蟑螂，以達到「快、狠」的效果。打多了，當然也一定「準」。

打蟑螂從未有愧疚感，就像打蚊子，只有除之而後快的勝利喜悅。老實說，如果蚊子不吸血，又或者吸了血不癢也不留痕跡，可以考慮不打。可是干擾寶貴的睡眠，也只好開殺戒了。中壢的蚊子打從冬天就很猖獗，我跟學生一致同意，今年的蚊子特別賊，全都停在天花板，椅子加電蚊拍，還不一定能電死牠。每晚睡前要徹底巡房子一遍，上床後，只要蚊子在耳邊「嗡」一下，立刻下床找蚊拍，否則今晚必不得好眠。蚊子讓我養成走路望天花板的習慣，好幾次蚊子沒看到，卻一頭撞在牆壁撞得眼淚直流。可想而知，蚊子一定拍腳叫好。

讓隱喻和象徵出現在文學裡就好，現實生活就不必那麼曲折了，一切都應該簡單而乾脆，像打蟑螂蚊子那樣——死了就是死了，不必在心上烙痕，否則只有徒增生命的負擔。如果昆蟲都像毛蟲和蜘蛛那麼複雜，死了還給人類留下謎團，那麼，活著何其艱難。

陽台的夾縫裡還殘留毛蟲的灰燼，我假裝沒看見。本來要給客廳露台的植物換土，也一直拖著。繃得過緊的神經實在禁不起驚嚇，按照毛蟲開啟的魔幻寫實路向發展，盆裡那兩條肥碩的蚯蚓，極可能幻化成兩條蛇冒出來。何況，我的能量，也只夠用來惦記那隻蟬。

小女生

小女生老了。

整個冬天，小女生用她前所未有的沉重鼾聲提醒我，她老了。

我詫異的發現，老貓打鼾的節奏和聲息，竟跟人熟睡時的呼吸一模一樣。吸進夢裡的空氣化成抽象的囈語，唏，噓！唏噓！都說些什麼呢？那唏噓的夢境，那些長長短短的輕聲嘆息。我不時停下手邊的工作，久久地觀望蜷縮在墊子上的圓球體。

這隻七點五公斤的母貓，今年四月滿九歲。豐潤毛皮讓她容光煥發，看起來總也不老，還有些豔光四射的模樣，儼然貓中尹雪艷。因此得出結論：老了，得長點脂肪長點肉，豐腴些，才不會一笑就牽扯出一把刻劃生命深度的皺紋。然而年輕的外表下，包裹著正在老去的身體，小女生畢竟上了年紀，當鼾聲響起，我不得不慨嘆，我們的感情，竟然有了九年的重量。

以人的年齡換算，小女生早該是歐巴桑含飴弄孫的年紀。長長的九年，我們的故事應該一大籮筐。認真回想，那些細節卻又稀鬆得很，不就是人貓之間的尋常日子嘛！我常常在樓下揚聲叫，小，女，生。她不應，我就泡茶洗水果翻報紙，邊唱歌似的，變化著音節組合成十幾種不同的小女生叫法，叫到最後，小女生的「生」字不是帶著不耐煩，便是透著求饒的語氣。反正，軟硬兼施非把她喊下來為止。

這是我們的相處模式，人貓不離的配對。我的依賴性很強，小女生的寬容則帶著寵溺的況味，這點通透也是尹雪艷式的。只要喊她，哪怕正酣眠，也會睡眼矇矓晃下來。不過她走路奇慢，幾近遲緩。從四樓到一樓貓影現身，足夠我唱上十遍以上的小女生。心情好時，她會邊下樓邊應，我叫一聲她喵一下，那喵可是高低起伏，節奏韻律次次不同。心情不好，無聲無息直接踱到一樓，仰起貓臉，翻個大白眼，露出「這不就到了嗎?叫什麼叫？」一副沒好氣的表情。這一刻，我常弄不清楚到底誰是主人，誰是寵物。幸好我們之間沒有面子問題，有幸當貓的寵物，我也十分樂意。

其實大可不理我的耍賴，但她總是順著我。她是一隻膠水貓——很黏。這點我們彼此彼此，沒得怨。只要她醒著，沒見到人，必然不滿意的鬼叫。上洗手間，她喵。泡澡時門一關，喵得更兇，似乎明白我泡起澡來耗時曠日，又得好等。她像鄭愁予筆下的情婦，是「善於等待」的——我出門常一整天，她不得不等。可是只要在家，就得被她跟監。否則她會發出被忽略的生氣吼聲，標準的潑婦罵街式。七個月大結紮時，她的怒吼把一隻等著洗澡的貴賓狗嚇得直抖。沒養過這麼慓悍的貓，也第一次見識到狗怯懦至此，覺得我們小女生當真是貓中英雌。

向來吃軟不吃硬，小女生要我事事順她，我就存心跟她嘔氣。憑什麼就得隨時讓妳看見？有本事就叫個夠吧！她隔著浴室的門抑揚頓挫開罵，我泡著熱水心裡暗樂。實在不耐煩，便回吼：小女生鬼叫什麼，煩死了！音量一提高，她知道我動了氣，立刻住嘴。這是九年的生活默契，真不容易。最難的相處哲學莫過於退和忍，以及不計較。小女生就這點好，善忘且寬容。

我最常跟她講的話是：小女生，等妳死了，做成標本好不好？似乎巴不得她早死。其實這話裡有隱憂。從小家裡養貓狗，我最怕生離死別的裂痕難癒。不告而別和病痛亡故，同樣令人難過。傷痛最深那次，是養了八年的黑狗病死。母親趁我上學，埋入紅毛丹樹下。黑狗去了，留我獨自穿越黑漆的油棕園上學；黃昏，少了看落日和說話的伙伴，只好對著夕陽憑弔往昔相伴的時光。每見狗墳，仍止不住淚。

小女生的手足小肥跟我們一起生活六年，不幸應驗了生離。分別三年，我仍深深懷念他柔軟好聞的肚腹。啊！那段枕在小肥肚腹的時光，那令人懷念的「小肥之味」。而今終於明白，為何所有的香水都無法觸動我。原來，獨一無二的「肥之味」是我的最愛，那裡面有生命的溫度和熱能，以及失落的依戀，又豈是量產的氣味所能替代？雖然小肥終將不朽——我們的故事已永藏繪本。可是，要繪本做什麼？若能選擇，我毫不遲疑要換回那個可觸可枕可聞的貓肚。

生離的痛已嘗過，我懼怕死別突襲，所以早早給自己做好心理建設。小女生自小有氣喘，哪天她毫無預警的死了，至少還有標本陪著。她黏人卻從不給抱，做標本最合適。這事小女生是贊成的。每回我說，把妳做成標本。她答，喵。聽起來像是「好」，黃褐色的大眼雪亮，為這個點子喝采似的。據說貓最老可活到二十三歲，我該拿小女生的八字去算命，看看她陽壽多少，心裡也好有個譜。

這隻貓極度放鬆的姿勢是四腳朝天，袒胸露腹，一副推心置腹掏心掏肺的不設防。這姿勢太誘惑，我忍不住用腳輕揉她的肚腩，邊說：「踩死妳」；或者用手圍住她脖子，說：「掐死妳！」根據她的反應和表情來判斷，一定以為那三個字是「愛死妳」，所以放心的任揉任掐。我怕哪天邪心一起，當真把她給踩扁掐死，遂努力克制自己，不再玩危險遊戲。

小女生原來叫雌咪咪，小肥叫雄咪咪。很沒想像力的名字，天下的貓一律可以咪咪稱之。後來雄咪咪長得胖又壯，改名叫小肥。麒麟尾的小女生冰雪聰明，像鼠鹿，便用上這個可愛的乳名。那時還住新店美之城，小肥是過動兒，老學鸚鵡穿過鐵枝爬到隔壁去，小女生會發出急促的叫聲通風報訊。小肥闖禍受罰，她靜坐遠觀，待我們走遠，才敢去舐小肥安慰他。

小肥勇於嘗試，小女生則行事謹慎，凡事先禮讓小肥。小肥走後，她一改當旁觀者的個性，開始撒嬌和黏人，接收所有小肥的習慣，包括阻止我講電話。電話鈴響，她會踱到身邊，前腳搭在我椅墊上。我講，她也講，不是罵人時強勁有力的「喵」，而是輕輕顫動的一連串「咩」，乍聽之下，真像小孩撒嬌叫媽。曾經有個朋友話講一半，語帶歉意的問：「妳要不要先忙小孩？」所以我講電話，還得拍她的貓頭讓她閉嘴。該死的是，那張仰起的貓臉分明寫著「我很滿意妳沒有忽略我」，而非「謝謝妳重視我」。

小女生佔有慾強，且憎恨同類，除了手足小肥。以前餵野貓，老是有三隻兄妹喜歡跟我們上樓。不巧有一回木門關得慢，被小女生撞見，當場跟我們翻臉，連人帶貓一起罵，還發了整晚脾氣，不理我們，小肥也成為出氣筒。那晚二人一貓皆不敢吭聲，領教了母貓醋勁的可怕威力，當然再不敢造次。餵貓回來，只要手上身上沾了野貓的味道，她會翻遍家裡每個角落，試圖找出那隻不存在的假想敵。回家或出國旅行，不敢把她寄養寵物店，怕她見到同類會發瘋，總是得勞煩她乾爹胡金倫來家裡小住。除了我們，小女生最黏乾爹。他來了，小女生跟他講整晚的話，親熱得很，胡金倫叫她「肥婆」，她竟沒意見。

小女生原來十分嚴肅拘謹，跟現在的膠水貓形象差距甚遠。因為小肥跟我「對味」，成天我總是肥呀肥的叫個不停，老膩在一起說話，耳鬢廝磨，小女生則蹲得遠遠的觀察，表情很複雜。我納悶，在想什麼？這隻冷淡而不近人情的貓。如今回想，她大概在觀摩人貓相處之道，因此小肥走後，她把偷學的招數全使上，稱職的取代了小肥，讓我們心甘情願安於二人一貓的世界。沒有辦法取代的是「肥之味」。她身上的氣味和貓毛奇怪的只會讓我打噴嚏眼睛發癢，我拍她撫她把毛掀亂，卻絕不敢拿自己的鼻子和眼睛開玩笑。

有些怪癖我始終不明白，譬如，小女生喜歡我們拍打她——用手掌大力拍打貓腿子，力道愈大她愈愛。「生命中不可承受之爽」大概就是她被重打時，不知該如何發洩快感的樣子。我想她有被虐傾向。

對吃，小女生極有個性。她只吃貓餅和水果，不吃魚，大大的顛覆了貓吃魚的刻板形象。至於水果，喜歡跟她毛色一樣的柿子和木瓜。說不定，正是水果頤養出小女生豐潤毛皮尹雪艷式的風華。曾在馬來西亞養過嗜吃榴槤的貓，吃紅毛丹會吐核的狗，到了台灣，寵物改吃土產水果，那是理所當然。榴槤貓和紅毛丹狗都長壽，我因此希望小女生當柿子貓或木瓜貓，永遠不老。

藥癮

外出時我習慣帶個寶特瓶。礦泉水或飲料的空瓶子，扁平的或圓柱體，重新注入各式自製飲料，作為開水的替代品。瓶身標明葡萄汁，但我喝下的可能是紅棗茶。酸梅汁的瓶肚裡，裝的是薏仁湯或人參茶。自從開始喝蒸餾水，我就養成帶飲料或蒸餾水出門的習慣，六年來，除了鮮奶，絕少再喝包裝飲料。

這得感謝我們家的「遺傳」。父母親五個妹妹和一個弟弟，只要出門，一定隨身帶著水瓶。中學時英文老師賜我綽號水桶。上學時帶的一大瓶開水飲盡，中午我便到辦公室倒水。那時沒有飲水機，學生自備的水喝完，只好買飲料。促狹的英文老師看到我就笑咪咪的，每次都用大嗓門說，水桶又來了。她一嚷，坐在附近的老師全都抬起頭來。我立刻回諸位老師一個欣然接受的微笑，反正不會有什麼損失，不過一個綽號，能因此換取倒水的特權，總比挨渴好。這樣我便成了有特權的學生，可逕自出入辦公室倒水。

除了自小養成的習慣外，還得歸功我的敏感腸胃。那時住山上，我的腸胃常原因不明的陣痛。詭異的不明原因。除了固定在農曆七月十四或十五發作，那種痛得要急診才心安的怪毛病之外，還有超音波和電腦斷層掃描檢查不出的大痛小痛。直到買了蒸餾器，開始喝比汽油還貴的純水，嬌貴的腸胃竟然變乖，也不太鬧情緒。蒸餾器裡留下跟岩石一樣的灰白結晶體，層層疊疊，簡直是桂林山水，好一幅怪石亂岩圖。把這些岩石吃進身體，難怪腸胃要抗議。

腸胃不痛，我好像打了一場勝仗，決定遵守家族的優良傳統，成了自備開水的乖小孩。有一天早下課，經過師大路上那家中藥店，順便進去和老闆娘胡扯。大學住宿舍時，有一陣莫名落髮，中醫師給我開了藥，老闆娘每天幫我煎好裝瓶帶走。店裡有隻瞎眼的老母貓，因為看不見，出外時常撞到電線桿。打從大三就認識牠，那時牠半瞎，毛色豐潤有光澤，時常蹲在中藥店前，我猜牠大概當自己是一隻看門的狗。老貓聽到掛著鈴鐺的門被推響了，就會走出來蹲在門口。

頭髮後來又莫名的不掉了，我卻成了中藥店的常客。老闆娘幫客人抓藥，我就不恥下問，成了半吊子學徒。那次也許是春天到了，也可能憑空掉下一個小時的空閒，因此心情特好，聊著聊著，就順手買了大包的紅棗枸杞和桂圓。我有囤積食物的壞習慣，總是喜歡大採購，逞一時揮霍的暢快。大包小包的食物拎在手上，還沒開始吃就已有飽足感，是一種不愁吃的平凡和滿足。回家後痛快已過，還原的現實永遠令人懊惱，那些多餘的食物變得跟垃圾一樣，胃塞不下就要佔據狹小的廚房。

這回面對三大包藥材，我苦著臉站在冰箱前，重演上映了無數次的戲碼。咦！忽然靈機一動，我邊燒水邊吹口哨，何不乾脆煮成藥茶？原來腸胃不痛，連頭腦都會變聰明。我為自己的好點子得意許久。是呀！為什麼老喝開水，變點甜茶喝多好。這三種食材都香甜，混合起來絕對好喝。這樣對得起良心，也解決了處置食物的難題。而且，這幾味中藥不是什麼特效藥，總是沒病也可以理氣補血，至少會有那麼一點養顏美容的功效吧！

那年博一，我的中藥經驗，正式從病理治療過渡到藥食同源。說來話長，要從至今仍苦苦糾纏的風濕說起。

或許該怪那個天堂和地獄的混合社區美之城吧！那裡雖被朋友挖苦為鳥不拉屎的地方，我卻覺得與世隔絕的山居，還有些鄉野的生活方式，其實最適合我這種野性未泯的半進化人類。只是，它實在太潮濕。書在桌上過一夜，第二天便像海浪波濤起伏。靠外的牆壁，剝落得比樓下的那條癩痢狗還難看，而我的身體，則接收了風濕這份難得的禮物。一直以為，風濕是中老年人才有的專利，它原是長輩和鄰居最常討論的話題，我對它其實很熟悉。不知道為什麼，它竟然選中了才二十五歲的我。

總而言之，我就是風濕了。有一天早晨起來，突然發現全身的關節不聽使喚，舉個手要非常用力，即使想跟老天爺做個投降的姿勢都很緩慢。就像老掉的門把，只要一動，關節就會發出喀啦喀啦的響聲，連穿衣服都困難。

嘆口氣，只好惶恐的承認，啊，我風濕了。帶著宿命卻不認命的姿態。難纏的頭痛分明還未打發，怎麼又來了一個需要長期抗戰的討厭鬼？

拖著一副僵硬的鏽骨頭過了將近兩個星期，忍無可忍，決定看醫生。直覺上，這種病好像該歸中醫管轄。我實在不想再吃止痛藥，市面上各式各樣可以少痛一點的藥丸我都吃過，包括頭痛得受不了時，吞下老師服用的痛風藥，當藥劑師的師母給老師開的，「據說沒什麼副作用」。

這句話說了等於沒說，痛極時人早就喪失理智和判斷力，只要能止痛，即使毒藥我也吞下去。不過，那顆瑞士製造的橘色小藥丸竟意外有神效。也因此，除非痛得要在地上打滾，我絕不敢輕易服用。凡具神效的藥都令人害怕，那裡面彷彿躲著一個看不透的巨大陰謀，有一雙陰鷙的眼在暗處耐心等著。十年二十年後明算帳，那種先甜的後世報苦果才顯現。

不痛的時候，我這樣冷靜分析。痛極了，仍然毫不猶豫吞下橘色小藥丸。

於是我看了中醫。號稱醫學神童的郭醫師兩手把脈，所謂的望、切、聞、問本是我很熟悉的看診步驟，當然少不了像蛇那樣吐舌頭。中醫從舌苔就能瞭解一個人的身體狀況和生活習性，吐個舌頭就什麼隱私都沒有。那感覺形同扒開肚皮讓人欣賞五臟六腑，或是對著陌生人傾吐衷曲。神童醫生就老警告我要早睡。睡眠不足，瘦者更瘦，而肥者愈肥。睡不好火氣特大，我沒好氣的說，不是我不想睡，是睡，不，著。

不清楚開了什麼藥方，只知道中藥藥效慢。一連吃了半年以上的藥粉，吃得我渾身上下連呼吸都是藥味。為了少痛，只好當個乖病人。清早起來要灸穴道——點燃艾草條，分別在腳踝以上，小腿內側三吋處各灸十分鐘。二十分鐘下來，像被炭烤過，全身一股煙燻味。我總是邊灸邊胡思亂想，此刻煙霧繚繞的樣子頗有深山練功的錯覺。我至今不愛吃炭燒食物，那股味道令人委屈欲淚。吃中藥的日子最討厭吃飯，因為飯和藥是一體之兩面，吃飯就表示得吃藥了。每天都在數藥包，一天四份，好不容易藥快吃完，又是該跟胖乎乎的神童傾吐病情，重新把脈領藥的時候。

而風濕時好時壞。綿長的春雨季，全身的關節宛如生了鏽。連神童醫生也治不好我的病，令春天益顯黯淡。那些藥散更難吃了，胸口老悶著一股氣。可是脈一把舌頭一伸，什麼都別想隱瞞，心情不好連帶影響氣血循環，稱為肝氣鬱結。醫生開了一味藥叫「逍遙散」，似乎吃了就可以當莊子，用不著那麼辛苦思索何謂齊物坐忘。

這個名字令人想起魏晉南北朝士人最愛的「寒食散」，同是很有仙氣的藥。從別名「五石散」可以想見，「寒食散」是多種礦石煉製的藥。此藥性熱且毒，服用後得冷浴冷食。魏晉士人大多寬袍，看來飄飄然很有仙風道骨，其實是藥發時煩熱難耐，要通風散熱。甚而有人到了寒冬還裸泳食冰，晝夜不寐。嚴重時會產生幻覺，北魏道武帝就因為服用此藥時而神智錯亂，疑神疑鬼，老以為有人要刺殺他。

話說回來，此藥既有毒性，為何蔚為時代風潮？那得怪罪玄學的代表人物何晏極力提倡，他認為寒食散不只治病，而且會令人神明開朗。他既是尚書，加以翩翩風度，深為士人仰慕，因此寒食散大為流行，變成一種極為時髦的東西。有人無力購買，也要裝作藥發時的模樣。寒食散就類似鴉片、大麻，或是如今正發燒的搖頭丸吧！根據醫學報告，這時髦玩意跟大麻同時吸食，會嚴重影響記憶力。

那我服用的逍遙散呢？醫生說這是好東西，吃了很舒坦，而且絕無副作用。那味道可是一點也不逍遙，反而比較接近毒藥，令舌頭退縮，五官亂成一團，得個虛有其表的好名聲。衝著這個好名字，我把藥粉一口灌下，就當給莊子一點面子吧！

其實我的生活既似隱居，又在服用這種引人遐想的藥，灸穴道時且把家裡燻得迷迷濛濛，就常想起煉丹。找本葛洪的《抱朴子》仔細研究，說不定還真能煉出什麼不老仙丹。更何況我特別喜歡風流倜儻的魏晉南北朝，那是一個頹廢，卻也散發著奇異美感的時代，煉丹，服藥，狐仙氣瀰漫。整個時代都患了對時間的集體憂鬱，試圖以礦石把血肉之軀練成與天同壽。這種服丹而長生的理據固然荒唐，可是，不老與長生，是多麼的難以抗拒啊！

不說魏晉，即便到了唐代，就有六個皇帝因服丹藥而慢性中毒喪生。錢和權，皇帝都不缺，只有青春，無價且無法取代的青春，才珍貴得令人垂涎，又短暫得令人心碎。於是，有權勢的皇帝找來通曉煉丹的術士，揮霍大錢買得昂貴的礦石，只為向時間爭取一些不老或慢老的秘方。皇帝要啥有啥，能用金錢換得的物質，包括女人，一點也不稀罕。只有青春，是歷代皇帝最害怕的共同敵人。哪怕一代霸主秦始皇或是一代梟雄曹操，總要留下一則傳說或一首詩，證明與時間討價還價的事蹟。

我那時還不到跟時間討價還價的年齡，卻日日為少痛一些煞費苦心。閱讀報章雜誌時，盡記一些草藥和穴道按摩的止痛法。舅舅曾給我一本耳穴治療的小書，我倒是仔細研究過。小小一片耳朵集滿了身體各處的穴道，胃痛、頭痛、噁心、嘔吐或暈眩都可以找到相對應的穴點。哪個器官出毛病，穴點就會痛，腳底也跟耳朵一樣滿佈反射點。身體有毛病，做起腳底治療來，一個字，痛。程度不一的痛，愈來愈強悍的痛，忍無可忍，且源源不絕的，從腳底導遍全身，每次做經絡按摩，我都恨不得先把腳板拆下。

按摩的歐巴桑知道我怕痛，力道不敢太大，卻足以讓我咬牙切齒。為了面子，我忍著。受不了便悶哼，其實我痛得真想把屋頂喊破。第一次的丟臉教訓告訴我，再怎麼受不了，都不可放聲大叫乃至涕淚皆下。那次，歐巴桑以過來人的身分勸我趕快生小孩，她說經歷過生產的大痛，世界上就再也沒有痛這碼事了。每次按完，人是癱軟的，身體變輕，靈魂不知道躲到哪裡休息去了，一種置於死地而後生的感覺，世界也變得輕盈美妙起來。

久病成良醫。其實我也會簡單的手穴按摩，只是它不如腳底治療有效。常常和中醫中藥店打交道，我偷師學了不少奇門絕招，特別是治理頭痛、胃痛和生理痛的急救章。兩個手掌和腳掌一樣滿佈穴道。頭痛按手，掌心中指第一關節的心穴，和手腕中心點大陵穴；以及除了拇指以外，手背的四個手指中間關節的穴點，按順序分別可減緩前頭、頭頂、偏頭和後頭不同的痛點。我當蒙古大夫，跟一個也常頭痛的朋友這樣說，她按指示做了，結論跟我一樣：小有用，能夠不吃藥而少痛些，還是好事。

我總是以身試法，遍嘗秘方。

那年帶著風濕回家，婆婆不知哪來的偏方，用老薑、紅蔥頭、香茅根、檳榔葉熬了一大鍋的沖澡水，即使在客廳，都被那刺激的味道嗆得流淚。在熱氣氤氳中聞著強烈的香料氣味淋浴，有一種時空錯置的神秘氛圍。可能源於煮咖哩用的香茅特有的香辛味，也可能是煙霧製造的美感，令人有些精神出竅，恍惚中總聽到裊裊的樂音，以為置身古阿拉伯的宮廷澡堂，淨身後即將成為獻身阿拉的犧牲。我被熏得淚眼婆娑，望著水池上漂浮著久煮的植物，一下又從宮廷的幻象中跌出來。那些形狀曖昧之物，不就是巫婆作法時的蟾蜍蝙蝠？

這個澡洗得我滿身大汗。婆婆說這就對了，把體內的濕氣發散出來，再去悶個汗就好。這是小月風，沒什麼大礙。我裹著毛巾捧著杯熱水在密室中慢慢啜，汗水流了又收乾。第二天醒來，手腳奇異的靈活。嘆了一口氣，離開馬來西亞這麼久，我的身體還是隸屬於熱帶，同是藥草，中醫的藥方竟比不上熱帶的秘方。沖了三四次，風濕不藥而癒。我暗自高興，沒想到回到潮濕的山上沒多久，關節又開始生鏽。只是沒有先前那麼嚴重，僅僅起床時手臂作痛，我卻已感激不盡。

從此這種藥草浴成為返家的固定儀式。我的神奇婆婆和我一樣有藥癮，我們每次回家她都有「新招」——新的偏方、保健飲料、美容養顏的湯品。連同我母親研發的厲害「招數」，以致每次從馬來西亞回來，行李箱老是塞滿各式成藥和保健飲品。譬如中國的成藥藿香正氣片，專治腸胃毛病。我每次帶三盒三十六小瓶。西藥水溶性普拿疼，對初期感冒頗為有效。飲料保健類計有清目解熱的夏桑菊（成分大約是夏枯草、桑葉和菊花）、預防感冒發熱消渴解膩的何人可茶（計有薄荷乾薑之類草本植物近十種），作成茶包，熱水沖泡時可加梅子一顆或陳皮一片，味道接近洛神花茶。

據說何人可茶可以減肥，前年我送了一大包給老嚷嚷要減肥的朋友。他記成可人茶。很快的「可人茶」喝完，他叮囑我下次回家一定得多帶一些。我告訴他，如果因此減肥成功，那我會寫信給老闆，將它正名為可人茶，並請他當產品代言人。

上個寒假帶兩個行李箱回去，回來時，其中一個塞滿食物和藥。除了前面所提的藥品和飲料，還有一百顆白鳳丸（調經理帶）、一百顆寧神丸（安眠提神）。我老覺得一百顆白鳳丸服畢，會生出半打小孩，因此慷慨的把三分之一送給我的同事。寧神丸倒是乖乖收著，我猜想那些黑色小丸子的成分一定離不開紅棗、黃耆、枸杞、桂圓、酸棗仁、百合、人參之類，我家冰箱其實有不少存貨。

有了成藥，我還是習慣偶爾煮個當歸紅棗茶，或者冬瓜紅棗湯。睡眠不足火氣上升時，泡杯涼補的西洋參。溫補的東洋參大多和紅棗枸杞一起煮。

至於性熱的高麗參，我怕喝了睡不著，從不碰。當歸補血，人參補氣，中醫說氣血循環通暢，人就沒病沒痛，我便耐著性子養血理氣。

這次回去婆婆又傳我絕招：綠豆海帶芽蜜棗湯。據說一個癌症病患因此秘方而存活至今。我只當是聽說。這湯的組合實在不倫不類，口味也怪異。奇怪的是隔天醒來覺得通體舒泰。我知道綠豆清涼解毒，蜜棗滋潤。那麼，海帶芽呢？橫豎是美容養顏，只要不難喝，就當回春秘方吧！

學生看我每天拎著飲料上學，紛紛打聽瓶中乾坤。我宣稱是回春秘藥。她們表示回春就不必了，青春多得用不完，倘若可以瘦身兼豐胸，倒是願意試試。我介紹小薏仁冬瓜紅棗湯。薏仁利水，冬瓜消腫，可以排除體內多餘水分，加上紅棗，還是那句老話，美容養顏。至於豐胸，根本和瘦身自相矛盾，天底下哪來這等有靈氣的食材，瘦身兼豐胸？

我有一本剪貼冊，專門收集各類秘方偏方藥方，包括發黃的報紙、舊雜誌、醫學神童開的補藥、婆婆寄來的藥方、中壢陳君隆醫師的藥單、大陸朋友傳授的秘笈，最老的竟可以回溯到大學時代，唉！一轉眼，竟也是八九年前的事了。

如今我的書架上愈來愈多保健茶飲、耳穴療法、腳底治療、美容湯方之類的奇門武功，包括一本珍貴的《黑糖傳奇》。那是某個有陽光的寒冬下午，我在巷子閒逛時，闖進一家有機食品店，硬跟店長拗來的。我決定請經絡按摩的歐巴桑幫我買一尊人體穴道分佈塑像，中醫擺在玻璃櫥窗展示，從頭到腳都注明穴點的那種。我覬覦她店裡那尊好久了。有朝一日，也許，我可以在中語系開一門「草本回春學」，或是「神秘療法」。

酷刑

這是福報啊。每次從診所出來，就得一遍又一遍給自己心理建設，否則，就再也找不到復健的動力了。我一手撐著腰，用力拉開腳步，支著被復健機器和推拿師拆過，又重新組合的全副骨頭，狀似懷胎多月的孕婦蹣跚行走。剛才針灸過的點說不出是痛是癢，我得重複說服自己，這實在是個不小的福報，得惜福啊！幸好遇到良醫，否則長骨刺時再治療，可就嫌晚了。

離開診所時，通常已黃昏，中山東路充塞覓食的下班人潮。錯身的行人總是皺眉，大概濃重的藥味很不討喜吧！我知道自己的表情、動作，都不屬於這個時刻，週遭食物的氣味，使得身上推拿擦的草藥味突兀，與夏日蒸散的體味不搭軋。覓食的人們臉上有吃的慾望，張望店招的眼神散發對食物的熱切，行走的速度於是格外帶勁。我習慣性的嘆口大氣，剛才那番大整治把人顛來倒去，又扭又拉的，胃口早給整掉了。

每次四到五個治療程序，等待的空檔，我總是捧著水杯，聆聽病人交換彼此的病況。有些人把病情聊成雲淡風輕，有些則怨天怨地。那些聽來的病和痛，令人懷疑身體的存在意義。在這裡，身體不是享樂的載具，而是痛苦的承受體。置身於裝載病痛的軀體樹林令人迷失，變成更嚴重的懷疑論者。享樂真的只是生命的表象，痛苦乃是本質？所有的享樂都是痛苦的麻醉劑啊！兩三個小時下來，心愈來愈沉，胃囊灌成了水袋，哪來吃飯的閒情和填充食物的空間？只是時間到，我不得不學著正常作息。

陳君隆醫師一再告誡我得作息正常。我反問他，什麼叫正常？多麼相對的概念，我認為自己比起好多朋友來，簡直正常得過分。醫生的標準實在太高，他說正常就是準時吃飯，十一點以前睡覺。除此之外，還得坐有坐相，站有站姿，不得搖腳扭腰歪在椅子上，不能長期低頭，同一個姿勢不可持續半小時以上。

陳醫師對我的苟且態度很不滿意，去年年底就該治療了。他一壓我的虎口，讓我當場從椅子彈起，痛得差點流淚。他的判決我根本不信。按一下手就斷定我脊椎嚴重側彎，骨盆腔傾斜扭曲，難道你有透視眼？他讀出我眼裡的懷疑，叫我去照片子。我花了一千四百塊，照了那四張X光片印證他的診斷。

還是拖了九個月。復健機器簡直是滿清十大酷刑的現代版，向這些機器要回健康？生病已經夠可憐了，還得被五花大綁？針灸室裡，一字排開被針釘在床上的肉體，豈不是耶穌受難圖的民間版？想到十幾根兩吋長的針插秧一樣插進肉田裡，心就一陣抽搐。我拿出一貫的拖字訣，拖吧！忍無可忍時再說。

這九個月來，背上像坐著一個小鬼。它愈吃愈重逐漸肥碩，壓得我腰背疼痛，輾轉難眠。靜夜裡像猴子一樣攀在我身上，雙手扳著我的脖子像扳一棵樹，我的肩頸因此而僵硬疼痛。牠脾氣不好時，便大力拍我的左後腦，偏頭痛讓我幾乎跪地求饒，呼叫小祖宗你饒了我吧！（我屬猴，當然得叫牠一聲小祖宗。）這些症狀都在預期之內，因為脊椎彎曲頸骨弧度不夠，血液無法順利輸送到腦。可是，我不肯賭這把，那種地方，當時我的武斷想法是，去久了有兩種可能：看破紅塵，或厭世。

我還要吃喝玩樂，並且深深眷戀這個讓我流淚歡笑的人世。

然而我的身體狀況像七十歲的老太婆。有一回我奶奶抱怨她的老骨頭從背痛到腳，不如扔掉算了。我說妳孫女比妳年輕五十歲，卻有一副跟妳一樣差的臭皮囊。說完覺得自己真窩囊，再看她四十五度的駝背，當下心裡一驚，我的鴕鳥夢，霎時甦醒。想到自己四十歲時，將會長成一副隨時跟人鞠躬的禮貌身體，就再也沒有老下去的勇氣。

復健得與機器為伍，我怕針，更厭惡固定門診。一被別人「規定」該如何如何，我的後腦立刻冒出一塊反骨，痛就痛暈就讓它暈吧，反正不到忍耐底線就不去。私底下我卻花了不少錢朝「健康」、「少痛」、「促進血液循環」這三個目標前進，譬如一個攜帶型的通電按摩器，計有「捶敲」、「按揉」、「按壓」、「推搖」等幾種功能，兩個中型電池的電量。頭繃得太緊時，就把兩塊貼墊放在後頸兩側，開啟微弱的電流。選擇「按揉」，立刻有一股痠麻的電流導入神經，很輕很輕的，如有一隻力道小巧的手在揉脖子。

儘管如此，我卻不怎麼喜歡它，它的效用和電流一樣微弱。觸電的恐怖經驗令我對它充滿戒備，一次不小心調到大的電流量，立刻產生「快被電死」的恐慌。然而它對活血確實有效。所有腰痠背痛或中風的病人，都逃不開「被電」的命運。通電的肌肉很像田雞被剝下外皮時，仍在跳躍的死亡掙扎。

記得第一次看診時，我便追著陳醫師問，什麼時候才可以不來啊？陳醫師正在給病人下針，從針盒裡拈出一枚暗器，一彈，針落入肌肉裡，試探位置，調整深度，時而上下左右撥弄，那架式像極武俠小說裡的暗器高手。他掐一下那位歐巴桑的脖子，自言自語，真想拆下來，給妳再裝一副。這個隨時消遣熟悉病人的醫師，喜歡一邊工作一邊遊戲，工作就是娛樂，他出手下針宛如庖丁解牛。病人儘管哎喲哎喲叫痛，卻不怨他，離開時千謝萬謝。我覺得在這時候道謝很奇怪。謝什麼呢？謝謝你虐待我？

我對治療這麼不耐煩，陳醫師一點也不生氣，慢吞吞的說，一年後再問這個問題。你說真的假的？我一緊張嗓門就提高，一年？後面那位中風的中年人，這時慢慢抬起扭曲的臉，用悲苦的眼神看了我一眼。他的右手插著針，電流通過時，肌肉一鼓一鼓的彈跳。多麼殘酷的生命寫真。我不敢正視他，生命的真相，如此令人不忍正視。他的病痛全縮進那張沒有表情的苦臉。他每天報到，已經接受，而非忍受電擊和針穿的痛。那種特殊用針，是一般病人使用的一倍長，看一眼就會讓人心臟收縮。他很少說話，對生命，大概已經到達無言以對的境地吧。

我看到醫生拔針就怕。好多次在醫院打針，護士都宣稱「找不到靜脈」。針插進去又拔出來，死命拍我的手拍到痙攣，還嫌我的靜脈埋太深。靜脈又不是金礦，我才不怕別人挖，什麼叫「埋得特別深」？不知道自己怎麼那麼倒楣，盡遇到這種差勁的護士。還是潛意識抗拒打針，所以靜脈都躲起來了。多年前那次住院，左手被打得坑坑洞洞像箭靶，顏色青裡帶黑，蛇狀瘀血順手臂逶迤爬下。陳醫師一說得針灸，我的手臂立刻開始疼痛起來。如果用針撥，好得更快。他補上這句，我真想拔腿就跑。

如果拉腰、拉脖子、滾床、推拿、針灸和放血都算酷刑，那麼，針撥法就是酷刑之首。某個中風病人看診時間與我相同，隔一陣他就得做針撥。針撥很有效，然而針刀無情。陳醫師看診向來不關門，他一天看百多兩百個病人，且大都是熟客，習慣不把病情當秘密。有個女人一進看診室就用大嗓門報告病情：醫生我的月經很少很不準喔！所有人都知道她的經期何時開始何時結束，何時又開始量多正常起來。這種狀況大家習以為常，可是針刀一下，再無情的人也會動容，無言的病人再也不能無聲。

觀者看到刀子在肉裡挑撥，都露出痛極的表情，他們看針刀，我看他們感同身受的表情。動刀的陳醫師不動如山，冷靜得像個殺手。病人的太太說，先生中風第六十八天就天天到這兒報到，從不會走不能說話，到現在行動自如，喪失的語言能力逐漸恢復，就只剩下那隻右手。這些長期同時段看診的病人，彼此熟悉病情，看診的空檔總在閒聊，或者跟護士、推拿師和醫生抬槓，感情極好。而我習於旁觀，好笑的事就跟著笑。再怎麼融洽，畢竟是診所。那是病人的地方，我打從心裡抗拒。

然而我也終究習慣了。兩個多月來，每週固定三次看診，按順序把脈、熱敷、拉腰或拉脖子、針灸，最後推拿。我最喜歡那張滾床，躺上去，小腿壓好設定時間，只能十五分鐘。陳醫師醫術太好，後面永遠等著一大掛病人。滾輪像結實的海濤，一波波來回輾過我的脊椎。那滋味，只有兩個字可以形容：痛、快。痛者，快也，痛快乃一體之兩面。

這台不像治療器材的設備只躺過一次，陳醫師是個虐待狂。至少，他老是在單子上的人像圈腰圈脖子，要我去躺那台拉腰拉脖子的可怕機器，舒服的滾床沒我的份。他一說拉腰我就給他一張哭臉，心裡老大不情願。他便恐嚇我，再討價還價就多賞妳兩針。我立刻乖乖去熱敷。

拉腰拉脖子前都得綁在椅子上熱敷，我實在不喜歡那塊貼過無數男女老少的電熱敷袋。每一次我都要求調到最低溫，凡是通電的物品我都心存畏懼，包括家裡的吸塵器，那轟轟的吸塵聲強而有力，真怕哪一天把自己倒楣的腳趾頭也吸掉。可是現代人實在太多這類變相的產品，譬如抖腰腹脂肪的腰帶，無以名之，故且叫去脂帶。我家附近的運動用品店就有，我好奇的問，這能歸入運動器材類嗎？老闆娘笑著說，反正目的一樣嘛！

譬如烤箱，我是指給人減肥的那種，進去的是人，不是家畜。不過，靈感大概來自烤雞或烤鴨。有一次在旅館內誤闖桑拿浴間，門一打開，一蓬滾燙的熱氣衝出來。我正奇怪，怎麼在這裡燒開水？沒想到小小的空間，竟窩著幾個烤得紅統統女人像煮熟的龍蝦，她們笑嘻嘻的招呼我進去烤一烤。好舒服哪，有人這麼強調。

再怎麼舒服我也是個人呀，怎麼可以把自己等同於雞鴨？

有一次拉腰結束，我已經滑到床的半中間。護士來鬆綁時，問我怎麼沒拉緊握桿？只好傻笑，人嘛，總有失神的時候。每次拉腰都把我當動物一樣綁在床上，腳架高，腰勒得死緊，機器一截截把身體往下拉，拉到極限，再一截截把我的下半身送回來，我真擔心會折成兩截。這時你會體悟何謂「人為刀俎，我為魚肉」，不能動彈，只好任人擺佈。

拉脖子更令人膽顫，想像被送上斷頭台，或是上吊的滋味吧！每次躺上去，我就開始想像，古人如果看到這個畫面，一定以為我犯了什麼滔天大罪在接受懲罰。天曉得我只因為摔跤了幾次，長期姿勢不良，習慣不好，了不起再加個低頭走路，因為我得隨時檢視地板是否有落髮，在外行走為了少跟人打招呼。如果要定我的罪，罪名就是潔癖，加上輕微的孤僻。父親就認為我奶奶的駝背，肇因於每天非得擦地板。

拉腰拉脖子要二十分鐘，拉完得側身起床，以免才校正的脊椎承受太大的負擔。二十分鐘裡我大多閉目，可是總有雜念叢生，腦海裡常常飄來當年讀的斷句殘篇，反反覆覆出現那句「吾之大患，唯吾有身」。吃五穀雜糧的身體總不免要病痛，老子應該也領略過被身體折磨的痛楚吧！連我向來沒什麼好感的孟子遺訓「勞其筋骨，餓其體膚」都跑到腦海來了，以此推斷，要歷經人世苦難，方可體悟成聖成佛之境。

其實拉腰時，「怕痛」的情緒已經在醞釀，接下來的針灸是療程的高潮。不就是平凡的一根針，為什麼能有療效？這種神奇的中國傳統醫學結晶帶來的「痛」，也是複雜神秘的，有人認為針灸的感覺是麻、痠或脹，也有人說完全放鬆時，像螞蟻咬。

趴在床上時我已經頭皮發麻，全身肌肉緊繃。預先知道的痛最可怕，那會讓皮肉的疼痛指數升高。陳醫師最不滿意我的肩頸，通常要狠狠的下個六到七針。如此讓我哀嚎求饒之後，他彷彿稍稍滿足了，繼續讓我的腰吃上四到五針。每一針對我而言都是大磨難，我不得不呻吟。陳醫師一聽我叫痛便高興，每次都說，痛嗎？好，再來一針。等他虐待完畢，我咬牙切齒的說，陳醫師，我此生最大的心願，是好好回敬你一百針。你想當刺蝟還是仙人掌？

針灸時我早已學會不管面子，痛起來誰還顧形而上的問題？曾經聽到一個女人說，每一次她都叫好大聲。我很想瞪這個多嘴的女人一眼，可是全身被十幾根針鎮住，動彈不得。陳醫師下針時，習慣要問這裡那裡痠不痠。我的標準答案一律是：不會。沒有。無論如何，少一針總是好的。

十幾根針要在肉裡插上十五分鐘，這十五分鐘如同點了穴，不能動。噴嚏得忍著。那瞬間的爆發力會引發暴雨梨花針。時間，突然很慢很漫長。陳醫師的大陸式針法下得深而準，絕對正中要害。針完，我一貫扶著床沿爬不起來，額頭壓得一片暈紅，異常狼狽。

針灸結束，苦難就算過去了大半，剩下的推拿是尾聲。我捧著水杯觀察別人服刑。其中一個胖胖的歐巴桑，背部算算竟有二十一針，那是看診必然相遇的熟背影。另外一個粗壯的男人，本來準備移植大腿人工關節，來這裡試試運氣，一段日子後，竟然也像正常人開始行走。這時他的臀和大腿插著長針，陳醫師下針時，他一聲都沒哼。那邊拉腰床上躺的瘦弱女生，亦是熟面孔。看著這些病痛眾生，我再不敢埋怨。

雖然如此，年輕的推拿師梁師父把我當麵團轉來扭去，壓得骨頭喀啦喀啦響時，我仍然唉唉叫痛。他只要一說「妳這麼年輕，怎麼一身病」之類的話，我就非常不服氣，立刻搬出大道理改造他的想法：按照我的觀察和推理，只要是人，都有輕重不同的隱疾，別露出不信的嘴臉，你也是。只是我比較在意身體發出的訊息，才顯得毛病特多而已。

其實，這不是我說的，是上海人民醫院高慶祥醫師的意思。那時因為心臟不肯規律跳動，陳思和帶我去看他的主治醫師。高醫師只跟我聊了半小時，立刻斷定這是心病，叫「早搏」，非形而下的心臟病，跟情緒、壓力、天氣、太過敏感有關，我保證妳的心臟沒問題。

聽到不必吃藥不必做心電圖，而且有名醫拍胸膛保證，我的心臟立刻恢復正常。心電圖儀器跟電腦斷層掃描，同樣令人緊張。掃描前，得喝一杯叫顯影劑的灰色液體，灰濁的顏色，噁心的氣味，很像化學毒藥。送入電腦斷層掃描器那一刻，我覺得自己被扔進了焚化爐。八年前的事了，回想起來，感覺跟接近死亡一樣壞。從此我對一切醫療儀器都抱著敬畏的態度。應對這些高科技，不只是身體，連心理都要調好頻率。否則，沒病也會嚇出病來。

後來針灸時，我便開始幻想：總有一天，陳醫師的醫術到了化境，不必拉腰拉脖子，無需挨那十幾枝針，就可以把我的身體推回常軌。可是，那將是一種什麼狀態呢？大概，嗯，等陳醫師練成絕世武功，用他的內力打通我的任督二脈，再那麼三兩下，走位扭曲的骨頭，全都各就各位。

我和我豢養的宇宙〈代後記〉

鍾怡雯

做過一個夢。夢裡的流浪狗只有三條腿，全身是傷，人類留下的。狗眼裡沒有絲毫怨懟和憤恨，只有令人心痛的逆來順受。眼神交流那一刻，我完全明白牠身上發生過什麼事，也理解牠的感受。這夢是隱喻，我的烏托邦投影。

我們生活的這個島嶼太吵雜，大環境鼓盪人們的情感，日復日的叫囂和爭辯徒然令人心煩。小時候幾姐妹吵翻天時，大人煩透了脫口而出：「不講話會死啊！」台灣就浮在「不講話會死」的煩躁裡。姐妹鬥嘴換成意識型態和意識型態的過招，或者八卦消息的交換和散播，像是即將失控的浮浪文明。我把節目消音，畫面變成默劇，講者誇張的表情和動作完全失去意義。糟的是，我的工作就是講話。不得不講，還非講得精彩不可。上課其實很費力氣，很多人無法理解那種消耗元氣的狀態。

有時在談事情，別人拋出的問題如石沉大海，我以為我回應了，實則沒有。常有拿著電話出神的狀態。思緒在運行，話語停留在腦海，因而予人無禮的誤解。有問無答，那刻正是我行走在現實的邊緣之際，也是疲於生活之時。人與人的溝通需要講話，朝夕相處的人未必有望一眼而了然於心的默契。

為了實現我的烏托邦，所以養貓。從小喜歡動物。家裡來來去去的貓狗很多，我從不覺得牠們是我的寵物。寵物是一種上對下的關係，我們缺乏這種主僕從屬的階級區分。我吃什麼，牠們就吃什麼：肉、水果、零食，連青澀的土芒果那隻老土狗也愛，邊舐邊淌口水，看得我好酸。一隻黑白貓喜歡在外面鬼混，幾天幾夜不歸，卻在我已然絕望，以為牠客死他鄉之際，悄然歸來。經常是半夜入睡後，被溫熱的舌頭舐醒。睜眼，黑暗中詭亮的貓瞳定定看著我，不見半絲愧疚和悔意。我拉開被子，牠理所當然閃進來，就這樣日復日，把我訓練成善於等待的怨婦。

這算什麼寵物？我是哪門子主人？究竟是誰被豢養了？

很多年後讀了《小王子》。小王子和狐狸互為馴養，使我重新思索和這些動物之間，以及整個世界的關係。

大學畢業後一年，養了兩隻貓，再度建構屬於我的世界，我的宇宙。不過是兩隻貓，生活前後就是兩碼事。我變得戀家，不耐在外久待。不落言詮，直見性命的相處令我泰然。牠們的眼神很直接，也許只聽得懂人類幾個簡單的詞彙，卻直觸人心。我還餵養一大群野貓。野貓戒心大，不輕易近人，然而我獲得牠們至高的信任。我們享有過彼此至誠的對待。如今回首，那是我實現過的，大概也是空前絕後的烏托邦，用來抵禦現實的消耗和磨難。

這年頭活著不難，要活得稱心卻不容易。身心俱病的人尤得賴活，為此我自有一套「賴活哲學」。有一回說起整脊慘狀，朋友在電話那頭放聲大笑，邊笑邊不可置信的說：「可是妳講得很happy的樣子……」其實是被整慘了，只好談笑以對。那是一種很卡通的狀態。卡通取悅觀眾的方式，是角色歷經各種驚險必死的狀態而不死，譬如被重型車輾過，大樹壓著，下半身給倒塌的房子鎮住等等。不死，且屢仆屢起，愈戰愈勇，常常只為了達到一個微不足道的可笑目標，例如惡整敵人一次。小孩看了樂，大人也樂，誰都知道那只能是卡通，現實生活裡，人只能死一次，活一次。因為只有一次，活著，比什麼都重要。

還有比活著更重要的事：開懷大笑。現實中可以大笑的事太少，那，創造吧！烏托邦難以實現，就用文字打造，我的空中花園原來也只是夢，誰知道竟弄假成真。對現實，我永遠妥協多於對抗；唯有創作，釋放龐沛的想像與能量。當想像縱橫，文氣在指間聚攏成雲，寫作往往可以平衡現實。

針灸時全身被十幾根針鎮住，或者肩頸走罐痛極之時，猶能驅動想像觀望自身，肉身疼痛，靈魂卻不受拘束，也因此能笑稱走罐留下的紫黑瘀斑為超級大草莓，是為愛的見證。我怕痛，也極耐痛，推拿師說我是勇敢的病人。

活在當下只是肉身的存在，對創作而言，那並不具意義。只有回憶被整理，被凝視，被重新賦予意義時，活過的軌跡才透顯出它的價值，痛苦因為書寫而變得可以忍耐。這是我對抗痛苦的強壯理由。「創作對抗庸俗和平凡」這類說法早已被複述得失去內在意義了，它變成一句空洞的口號。創作不見得有多高尚，平凡未必不好，何況創作有時反而令人發現庸俗和平凡。創作者面對現實時常是無力又卑微的，醫生救人，創作者只能救自己，因此創作者大都自戀，甚至自大，或者自卑又自大。謝天謝地這社會的創作者畢竟只是少數。

原本是一個很難專心的人，心有旁騖是我的致命傷。唯有寫稿時例外。有一次，一樓的門鈴響了近十五分鐘，在三樓的我竟渾然不覺。事實上我聽到那聲音，但沒意識到是我家門鈴，而這幢房子已住了快一年。彷彿記得腦海飄過「什麼聲音響那麼久」的朦朧想法，然而眼睛未嘗離開螢幕，思緒持續處在奔流的狀態。最後男主人跑到外頭打電話，怒氣沖沖的電話鈴聲嚇得我從椅子上彈起。神遊結束。我離開精純專一的純粹狀態，我的烏托邦。

遺落的烏托邦碎片。我試圖把它們重新撿起，拼湊，重建適於我居住的宇宙……

鍾怡雯作品集 05

我和我豢養的宇宙

作者　鍾怡雯
責任編輯　施舜文
發行人　蔡文甫
出版發行　九歌出版社有限公司
臺北市105八德路3段12巷57弄40號
電話02-25776564・傳眞02-25789205
郵政劃撥0112295-1
九歌文學網　www.chiuko.com.tw
印刷　晨捷印製股份有限公司
法律顧問　龍躍天律師・蕭雄淋律師・董安丹律師
初版　2012（民國101）年10月
（本書曾於2002年6月由聯合文學出版社印行）
定價　220元

書號　0110505
ISBN　978-957-444-848-7
（缺頁、破損或裝訂錯誤，請寄回本公司更換）

國家圖書館出版品預行編目資料

我和我豢養的宇宙/鍾怡雯著. -- 初版.
-- 臺北市 : 九歌, 民101.10

面 ;　公分. --（鍾怡雯作品集 ; 5）

ISBN 978-957-444-848-7（平裝）

855　　101017677